Amor en la India

Penny Jordan

Bianca™

HARLEQUIN™

Editado por HARLEQUIN IBÉRICA, S.A.
Núñez de Balboa, 56
28001 Madrid

© 2008 Penny Jordan. Todos los derechos reservados.
AMOR EN LA INDIA, N.º 1947 - 16.9.09
Título original: Virgin for the Billionaire's Taking
Publicada originalmente por Mills & Boon®, Ltd., Londres.

I.S.B.N.: 978-84-671-7341-3
Depósito legal: B-28716-2009
Editor responsable: Luis Pugni
Preimpresión y fotomecánica: M.T. Color & Diseño, S.L.
C/. Colquide, 6 portal 2 - 3º H. 28230 Las Rozas (Madrid)
Impresión y encuadernación: LITOGRAFÍA ROSÉS, S.A.
C/. Energía, 11. 08850 Gavá (Barcelona)
Fecha impresion para Argentina: 15.3.10
Distribuidor exclusivo para España: LOGISTA
Distribuidor para México: CODIPLYRSA
Distribuidores para Argentina: interior, BERTRAN, S.A.C. Vélez
Sársfield, 1950. Cap. Fed./ Buenos Aires y Gran Buenos Aires,
VACCARO SÁNCHEZ y Cía, S.A.
Distribuidor para Chile: DISTRIBUIDORA ALFA, S.A.

Capítulo 1

PERDONE... –dijo una voz masculina y con tono de autoridad.

Keira estaba tan absorta en observar a los invitados del jardín del palacio que no se había dado cuenta de que estaba bloqueando el paso al jardín. Dos de sus mejores amigos se habían casado, y ella había tenido intención de ir a una de las casetas puestas para la celebración, pero se había quedado fascinada mirando la mágica atmósfera.

La voz de aquel individuo era potente y fuerte debajo de aquel tono aterciopelado, pensó ella, y se estremeció como si hubiera pasado una corriente eléctrica.

Su acento era indudablemente de un colegio de élite inglés, seguido de una carrera en la más prestigiosa universidad, seguramente. El acento de un hombre que daba por hecho tener riqueza y distinguida posición social. El acento del privilegio, el poder y el orgullo.

¿Se reflejaría en el acento de ella tanta información como en el de él?

¿Se notaría su acento del norte a pesar de todo el empeño que había puesto en aprender a disimularlo para que le fuera mejor en su negocio como decoradora de interiores?

Keira se giró hacia el hombre para disculparse, y al verlo todo su cuerpo y sus sentidos parecieron sentir su atracción hacia él. Fue como si se quedase totalmente desprotegida frente a la intensidad de su reacción.

Se quedó petrificada ante el impacto de su presencia, como si se encontrase frente a un tren que fuera a embestirla.

El poder de su sexualidad golpeó contra ella, y la dejó indefensa.

Jay no entendía por qué estaba perdiendo el tiempo allí, de pie, dejando que aquella mujer lo mirase de aquel modo tan obvio.

Admitía que era guapa. Pero no era la única invitada europea de la boda. Aunque era verdad que su aspecto y figura la habrían hecho destacar en cualquier sitio.

Era alta, elegante, y tenía un aire refinado. Pero sus voluptuosas curvas y su boca sensual era lo que más le gustaba de ella. Porque era lo que demostraba que tenía una naturaleza sensual, y eso era lo que él más disfrutaba en una mujer.

Seguramente desplegaba una gran sensualidad en la cama, animando a cualquier amante a que le diera placer hasta gritar. Podía imaginársela con aquel cabello oscuro extendido en la almohada, sus ojos brillantes de excitación, los labios de su sexo húmedos y curvándose suavemente, esperando abrirse con las caricias de su amante como pétalos de una flor, abiertos al calor del sol, exponiendo su latiente corazón, ofreciendo su parte más íntima, extendiendo sus pétalos para atraer su posesión, y llenando el aire con la fragancia del deseo.

Su cuerpo viril fue asaltado por un repentino e intenso deseo que lo tomó por sorpresa.

A sus treinta y cuatro años era lo suficientemente mayor como para controlar sus reacciones físicas frente a una mujer deseable, y no obstante esa mujer lo había hecho reaccionar tan rápidamente que no había podido hacer nada.

Ella no llevaba ropa hindú, como solían hacerlo muchas veces las invitadas europeas que asistían a una celebración hindú.

Él esperó a que se le pasara la excitación y luego, casi involuntariamente, se oyó decir:

–¿Eres de la familia del novio o de la novia?

–Lo siento...

–Te preguntaba si perteneces a la parte del novio o de la novia –le dijo él.

La palabra «perteneces» le dolió, puesto que ella sabía que en aquel mundo no pertenecía a nadie, pero le dio la impresión de que él lo que quería era prolongar el contacto con ella a través de una conversación frívola.

Él era muy apuesto. Aquel pensamiento fue como una voz de alarma. Pero sus sentidos se negaron a oírla.

¿Cuántos años tendría él? Ciertamente los suficientes como para que ella no lo mirase tan descaradamente. Pero no podía dejar de clavar sus ojos en él.

El desconocido llevaba un traje italiano color crema, y tenía un aire de hombre cosmopolita. Seguramente pertenecía a la clase privilegiada, había tenido una educación cara y hoy nadaba en la riqueza. Su piel tenía un bronceado ideal, su cuerpo, la altura perfecta, y sus músculos, el tono ideal.

¿Serían sus hombros tan anchos como parecían?

Eso parecía.

Sin embargo, a pesar de todo, a ella le daba la impresión de que destilaba también un aire peligroso y oscuro.

Ella intentó no dejarse arrastrar por el magnetismo que lo rodeaba y que tenía un efecto tan intenso sobre ella.

Aquel hombre estaba ejerciendo un fuerte impacto sobre ella. Pero seguramente también debía de ser todo lo que rodeaba a aquella boda lo que la embriagaba, pensó.

Originalmente el edificio había sido un palacio de verano y un refugio para caza que pertenecía a un antiguo maharajá, pero luego había sido convertido en un lujoso hotel de cinco estrellas. Había estado en una isla, pero ahora estaba comunicado a la orilla por un bonito camino. Sin embargo la impresión creada cuando uno se acercaba era que el palacio y los jardines flotaban en las serenas aguas del lago que lo rodeaba.

Y si no era aquel entorno lo que afectaba de aquel modo sus sentidos, entonces sería el aroma sensual de las flores.

Keira respiró profundamente y le dijo firmemente:

—A ambas partes. Soy amiga de la novia y del novio.

Hubo algo en los preparativos de la celebración que llamó su atención. Unas lámparas de cristal empezaron a brillar. Su llama se reflejaba en el lago. Los pabellones se engalanaron con luces de colores. Éstas llegaban hasta los senderos del jardín que conducían a las suites de los invitados en el que era uno de los hoteles más lujosos de India.

La tarde estaba dando lugar a la noche. Pronto los novios se cambiarían, y ella tenía que hacer lo mismo.

El cielo se estaba transformando en una bóveda rosada por la luz del atardecer, lo que llenaba la atmósfera de una sensualidad que era como una caricia sobre su piel. Aquello parecía un cuento...

O quizás fuese el efecto del hombre que estaba cerca de ella lo que le daba a la atmósfera aquel brillo especial.

Algo en su interior se debilitó. Era India lo que estaba provocando aquello. Tenía que serlo. Ella estaba empezando a sentir pánico. Aquellas sensaciones la habían tomado por sorpresa, con la guardia baja, y ella se sentía expuesta, sin tener donde refugiarse. Se sentía totalmente vulnerable, incapaz de controlar unos instintos que creía totalmente controlados.

Necesitaba pensar en otra cosa, en la boda a la que estaba asistiendo, por ejemplo.

Shalini se había inspirado en el magnífico lugar

donde celebraba su boda para la elección de su traje, basado en ropas tradicionales. Tom también se había entregado a aquella fantasía hecha realidad, y estaba impresionante con aquel turbante rojo y dorado, su traje *sherwani* de seda dorado y la bufanda bordada que hacía juego con el *lehenga* rojo y dorado de Shalini.

Keira hubiera asistido a la boda de Shalini y de Tom en cualquier lugar que se hubiera celebrado. Porque su primo Vikram y ella eran los mejores amigos de la pareja. Y cuando Shalini le había contado que habían decidido hacer una ceremonia hinduista tradicional en Ralapur después del matrimonio civil en el Reino Unido, Keira había decidido acompañarlos.

Ella había deseado visitar aquel lugar desde la primera vez que había leído acerca de él. Pero Keira no sólo había ido allí a la boda de sus amigos y a visitar la ciudad. También había ido por trabajo. Ciertamente no había ido allí en busca de un romance, pensó.

—Fui a la universidad con Tom y Shalini —explicó antes de preguntar con curiosidad—: ¿Y tú?

Era típico en las mujeres de su tipo hablar en voz baja y con tono sensual, aunque también se adivinaba una nota de vulnerabilidad en ella que le daba un toque más interesante aún, pensó Jay.

Él no tenía intención de contarle nada personal, ni el hecho de que su hermano mayor era el nuevo maharajá.

—Tengo conexión con la familia de la novia —dijo él.

Era verdad, después de todo, puesto que él era el dueño del hotel. Y de muchas más cosas.

Miró hacia el lago. Su madre había amado aquel lugar. Se había transformado en su refugio cuando había necesitado escapar de la presencia de su padre, el maharajá y su avariciosa cortesana, a quien no le habían importado los sentimientos de su esposa y de sus dos hijos.

La expresión de Jay se endureció al pensar en ello.

En aquella época él había tenido dieciocho años y acababa de volver de un colegio inglés de élite donde tanto él como su hermano habían sido educados. Aquel invierno había ido a Ralapur por primera vez la mujer que había robado el afecto de su padre con sus toques sexuales y su avariciosa boca húmeda pintada con barra de labios roja a juego con sus uñas. «Una mujer moderna», se había llamado a sí misma. Una mujer que se había negado a vivir sujeta a reglas morales, una mujer que había puesto los ojos en el padre de Jay, se había dado cuenta de su posición y su riqueza y había decidido atraparlo. Una amoral y avariciosa ramera que se vendía a sí misma a hombres a cambio de sus regalos. Lo contrario de su madre, que había sido amable, obediente a su esposo, pero feroz en la protección de sus hijos.

Jay y su hermano mayor, Rao, habían mostrado su desacuerdo ignorando la existencia de la mujer que había usurpado el lugar de su madre en el corazón de su padre.

«No debes culpar a tu padre», le había dicho su

madre a Jay. «Es como si lo hubieran embrujado, y estuviera ciego a todo y a todos excepto a ella».

Su padre había sido ciego al no ver a la mujer tal cual era, y se había negado a escuchar nada en contra de ella. Y Jay y Rao habían tenido que hacerse a un lado y observar cómo su padre humillaba a su madre y se humillaba a sí mismo con su obsesión por aquella mujer. La corte se había llenado de cotilleos sobre ella. La amante de su padre había alardeado de sus previos amantes sin reparo, y hasta había amenazado con dejar a su padre si él no le daba el dinero y las joyas que ella quería.

Jay había estado furioso con su padre, incapaz de comprender cómo un hombre que siempre se había sentido orgulloso de su familia y de su reputación, que siempre había condenado moralmente a otros por sus lapsus, se comportaba de aquel modo.

Al final Jay se había peleado tanto con su padre que no había tenido otra opción que marcharse de su casa.

Tanto su madre como Rao le habían rogado que no se fuera, pero Jay tenía su orgullo y se había marchado, anunciando que no quería ser conocido como el segundo hijo del maharajá, y que desde entonces él seguiría su propio camino en la vida. Un anuncio un poco tonto, tal vez, para un chico de dieciocho años.

Su padre y la amante de su padre se habían reído de él. Jay jamás perdonaría a la responsable de la muerte de su madre... Oficialmente la causa de su muerte había sido neumonía, pero Jay sabía que no había sido la verdadera razón.

Su dulce y hermosa madre había muerto por las heridas infligidas en su corazón y en su orgullo por una mujerzuela. Él había despreciado a ese tipo de mujer: codiciosa y disponible para cualquier hombre que tuviera dinero para comprarla.

Él había sido reacio a volver a Ralapur al principio, cuando Rao había sucedido a su padre. Pero Rao había insistido.

Y por el amor a su hermano Jay había accedido finalmente. Pero aun en aquel momento no sabía si había hecho lo correcto.

El muchacho que se había alejado de una vida en la que tenía el estatus de ser el segundo hijo del maharajá y había entrado en una vida de futuro incierto donde no tendría nada excepto sus habilidades, había vuelto a su lugar de nacimiento transformado en un hombre rico, que inspiraba respeto no sólo en su país sino en Europa y Norteamérica. Era un constructor de propiedades millonarias con un ojo tan agudo para los negocios que todo el mundo quería hacer negocios con él.

Ahora era lo suficientemente mayor como para comprender la pulsión sexual que había llevado a su padre a abandonar a su esposa por aquella cortesana que había controlado su deseo sexual.

Jay podía perdonar en cierto modo a su padre, pero no a la zorra que había avergonzado a su madre y que había manchado el honor del nombre de su familia.

Keira miró cómo cambiaba la expresión de la

cara del desconocido. El interés sexual había sido reemplazado por frialdad.

¿En qué estaría pensando? ¿Qué era responsable de aquella mirada de arrogancia y orgullo?

–¿Estás sola aquí?

Jay se maldijo por entrar en un terreno que sabía que era peligroso. Pero se había tentado, al igual que lo tentaba aquella mujer, al igual que deseaba a aquella mujer de pómulos salientes, labios gruesos y ojos dorados en una piel blanca, casi translúcida.

¿Por qué diablos la deseaba?

Era una mujer del montón. No llevaba ningún anillo caro, lo que significaba que no había habido nadie que se lo hubiera regalado para que lo luciera. Su última querida había aceptado el final de la relación entre ellos sólo cuando él le había regalado un diamante de Graff, la famosa tienda de Londres, donde su amante había señalado un diamante rosa, que evidentemente había escogido antes de su visita a la joyería.

Si él no hubiera estado cansado de ella en aquel momento, el hecho de que ella hubiera elegido semejante diamante habría matado totalmente su deseo por ella. Como todas sus amantes, su última querida había estado casada. Las mujeres casadas eran más fáciles y mucho menos caras para dejarlas cuando la aventura se había terminado, puesto que tenían maridos a quienes responder.

Jay no tenía interés en casarse, pero su estatus como segundo hijo del fallecido maharajá significaba que se esperaba de él que se casara con alguien de su clase social, un matrimonio que estaría negociado por la corte y los abogados.

Jay tenía aversión a dejar que otros organizaran su vida, al margen de que no le atraía nada la idea de llevar a la cama a una inocente chica apropiada para su papel, protegida por su familia y virgen, una característica que se comerciaría como parte del trato en las negociaciones para su matrimonio.

Un matrimonio así sería para toda la vida. Y la verdad era que él se oponía vehementemente a comprometerse por un tiempo largo con una mujer. De ningún modo iba a compartir su fortuna, que había ganado con lágrimas y sudor, con una mujer avariciosa que pensara que él era suficientemente estúpido como para comprometerse en un momento de lascivia, y que esperase un goloso acuerdo de separación de él una vez que la lascivia se hubiera enfriado y él quisiera deshacerse de ella.

Keira dudó, consciente de su propia vulnerabilidad.

Pero no estaba en su naturaleza mentir, y aunque lo hubiera estado, sospechaba que su tía abuela Ethel, su fría y amargada tía, quien la había criado después de la muerte de su madre, se la hubiera arrancado a golpes.

–Sí, estoy sola –dijo ella.

Hubiera querido preguntarle lo mismo, pero se reprimió. Una alarma sonó en su interior.

Lo había mirado, era verdad. Pero eso no quería decir nada.

Pero aquel hombre interpretaría aquella mirada

como un desafío. Lo sentiría como un derecho de su instinto de macho cazador.

Ella se estremeció por aquel pensamiento.

¡Dios! Pero era muy atractivo. Más que atractivo.

Llevaba su atractivo sexual masculino con el mismo descuido que llevaba aquel traje caro. Pero ella era inmune a ello, ¿no?

Keira se estremeció.

Jamás era buena idea desafiar al destino. Ella lo sabía. Aquél era un hombre que desplegaba un aire sexual irresistible, y que debía de estar acostumbrado a tener efecto sobre sus presas femeninas.

La deseaba, pensó Jay. La deseaba desesperadamente.

Su vestido color hueso hasta los pies junto con su bufanda de seda del mismo color, la hacía sobresalir sobre los brillantes colores que llevaban la mayoría de las mujeres, y le daba un aspecto angelical pese a su cabello oscuro. Ella tenía un aspecto etéreo y frágil, pero no había habido nada etéreo en la mirada que le había dedicado a él unos segundos antes, una mirada de sensualidad y excitación que buscaba satisfacción.

El patio estaba casi vacío en aquel momento. Los otros invitados habían ido a cambiarse para el banquete de la noche, y ellos dos estaban solos. Ella sintió un estremecimiento.

Aquello empezaba a ser ridículo... Y peligroso.

Ella debería haberse quitado de su camino en lugar de... Quedarse allí, mirándolo, absorbiendo cada detalle masculino.

Tenía que alejarse de él.

Keira se dio la vuelta para marcharse, pero él extendió el brazo y le impidió el paso apoyando la mano en el tronco iluminado de un árbol que había en el lado contrario del sendero.

Ella se quedó petrificada. Dejó escapar un suspiro y lo miró.

Sus ojos no eran marrones, sino grises como los mares del Norte. La mirada de Keira descendió hasta sus labios. El superior era firme y bien definido mientras que el inferior era sensualmente grande y curvado.

Sin poder evitarlo, una sensación de tsunami brotó en su interior. Ella dio un paso adelante y uno atrás, dejando escapar un suspiro que expresó tanto su deseo como su rechazo.

Pero aquellos pasos llegaron demasiado tarde para impedir lo que sucedió.

Ella estaba en sus brazos, y él la besó posesivamente, con una intimidad que la sacudió.

Ni el beso de él ni la respuesta de ella a él podrían haber sido más íntimos si él la hubiera desnudado, y ella había querido que la besara. Se había ofrecido a él totalmente, reconoció Keira, en estado de shock. Apenas se podía tener en pie ni respirar, y menos pensar, como resultado del deseo físico que la consumía. Y que hizo que deslizara sus manos frenéticamente por debajo de la chaqueta de él y luego por su torso, temblando por su deseo de tocarlo.

En medio de la ola de pasión, ella sintió que no podía entregarse a aquel peligroso placer. No podía permitirse sentir aquello.

Horrorizada por su propio comportamiento, ella se forzó a abrir los ojos, se estremeció y se apartó de él.

–Lo siento. Yo no hago estas cosas. No debí permitir que ocurriese.

Jay se sorprendió. Había estado a punto de acusarla de provocarlo y luego rechazarlo para que él se sintiera atraído por ella. Pero su disculpa casi balbuceante lo había sorprendido.

–Pero tú también lo querías –la desafió Jay.

Keira hubiera querido mentir, pero no pudo.

–Sí –admitió, traicionada por su propia debilidad.

Por supuesto que él tenía derecho a estar enfadado y a querer una explicación de su parte. Pero ella no podía dársela.

Así que se dio la vuelta y se marchó casi corriendo en la oscuridad.

Jay no intentó detenerla. Al principio había estado más preocupado por su involuntaria reacción sexual hacia ella que en llevar las cosas más lejos. Sólo cuando ella se había apartado había sido cuando había sentido aquella punzada de rabia sexual masculina por su rechazo.

Pero ella se había marchado y lo había desarmado totalmente con su disculpa, mostrándole una vulnerabilidad que en aquel momento estaba teniendo un extraordinario efecto en él.

Ella lo intrigaba, lo excitaba, atraía su interés de un modo que lo desafiaba tanto mentalmente como sexualmente.

Él había tenido intención de dar un paseo por los

jardines del palacio cuando la había visto. Había planeado pasar la noche mirando unos importantes documentos y haciendo algunas llamadas telefónicas. Pero ahora estaba pensando en postergarlo.

Una mujer que podía admitir que estaba equivocada en cualquier sentido, y especialmente en su comportamiento sexual, era una criatura poco habitual, según su experiencia. Ella estaba sola allí, había admitido que lo deseaba, y él ciertamente la deseaba...

Jay curvó la boca en un gesto de anticipación ante lo que se avecinaba.

Keira no dejó de mirar por encima de su hombro para ver si él la estaba observando todavía. Una vez que estuvo en su habitación con la puerta cerrada con llave, se apoyó en ella, incapaz de moverse, por el shock y el mareo que se había apoderado de ella. Empezó a temblar.

¿Qué diablos había hecho? Y más importante aún, ¿por qué lo había hecho?

¿Por qué había sucedido aquello después de tantos años de entrenamiento para que no le sucediera? ¿Por qué le había sucedido con él cuando había podido resistirse a tantos hombres?

¿Qué tenía él de especial que había podido derrumbar el muro que ella se había construido a su alrededor?

Ella sintió la garra del pánico, como si se tratase de un animal desesperado por escapar a su cautividad.

Ella no podía dejar que se expresara su sexualidad.

No podía permitir que existiera. Punto.

Lo sabía. Su tía abuela le había advertido lo que podía pasarle, la degradación que sufriría, la vergüenza que le traería a sí misma y a su tía abuela. Aunque Ethel llevaba muerta casi diez años, Keira aún escuchaba su voz diciéndole lo que le iba a suceder si seguía los pasos de su madre.

Keira tenía doce años cuando había muerto su madre y se había quedado con su tía, o mejor dicho su tía abuela se había visto obligada a quedarse con ella o admitir el hecho de haberla abandonado frente a sus vecinos. Su tía abuela no había querido quedarse con ella. Lo había dejado bien claro.

–Tu madre era una zorra que trajo desgracia a esta familia. Y te advierto, no dejaré que tú termines como ella, así tenga que matarte –le había dicho su tía cuando se había ido la asistente social que había llevado a Keira a casa de su tía–. No tendré a una zorra viviendo bajo mi techo y trayendo desgracia a mi vida.

Sólo por ser hija de su madre podría torcer su camino hacia la dirección equivocada, le había dicho su tía, y vivir una vida de pecado.

Entonces Keira había aprendido a mantener en guardia su corazón y su cuerpo. Cuando los chicos le habían llamado «frígida» y «bragas de acero» en el colegio, ella se había sentido orgullosa en lugar de furiosa.

Lenta y cuidadosamente se había creado un mundo no sexual en el que se sentía segura, un mundo en el que jamás se transformaría en la hija de su madre.

Y ahora, después de asumir que siempre sería así, de repente, aquel mundo se desvanecía, y ella descubría lo que era desear a un hombre desesperadamente.

Empezó a temblar. Su cuerpo estaba lleno de sensaciones desconocidas y de necesidades. Su cuerpo y su mente ardían.

¿De dónde le venían aquellas sensaciones?

¿Había sido así como había empezado su madre?

Ella volvió a temblar, pero más violentamente. Se sentía mareada de miedo y desesperación.

Capítulo 2

LLA no podía quedarse en su habitación para evitar encontrárselo, aunque quisiera hacerlo. Irían a buscarla si no se presentaba en el banquete.

Se duchó y se cambió rápidamente para la fiesta. Se puso un vestido largo plateado con bordados, sencillo y de formas suaves, que no se le ajustaba al cuerpo.

¿Por qué había hecho eso él? ¿Por qué la había besado?

¿Qué mensaje le había enviado ella inadvertidamente? ¿Qué había intuido en ella?

Reacia, abandonó la habitación y caminó por los jardines hacia el patio.

Había un grupo de músicos tocando para los invitados. El patio se había transformado mágicamente en un mundo de color y alegría, con un bufé de comidas preparadas encima de unas mesas.

Más tarde habría baile. ¿Estaría él allí?

Cuando terminase la fiesta ella se reuniría con dos empresarios responsables de financiar unos apartamentos en la nueva ciudad que se crearía en el valle de Ralapur. Conocía a uno de los hombres. Había trabajado con él, diseñando y amueblando el interior de sus apartamentos tanto de Mumbai como del Reino Unido, pero al otro no lo conocía. Sería un gran paso en su profesión si la contrataban como diseñadora para aquel complejo, no sólo por lo que iba a ganar, aunque después de los problemas por los que había pasado su negocio en los últimos meses eso también sería importante, por supuesto, sino por el prestigio que le daría.

Keira frunció el ceño. Lo que había originado el problema económico inicialmente había sido su negativa a acostarse con un cliente, quien luego se había negado a pagar a Keira alegando que el trabajo que había hecho ella para él no había sido satisfactorio.

Como se jugaba su reputación profesional y una buena cantidad de dinero, le habían aconsejado llevarlo a juicio, pero los costes la habían hecho desistir. Su cliente estaba en mejor posición que ella y podía permitirse una batalla legal, en cambio ella, no. Y por supuesto no habría podido demostrar que las proposiciones de su cliente habían sido lo que había causado el problema.

Además, en su profesión estaba mal visto atacar la reputación de un cliente.

Tal vez fuera una tontería apostarse allí, en el sendero donde se habían encontrado antes, pensó Jay.

¿Dónde estaba ella?

La celebración estaba a punto de empezar, y él quería llevarla a un lugar más íntimo.

El patio ya estaba lleno de invitados, con sus risas y sus voces, apagando el sonido de la música. El aroma de la comida llenaba el aire de la noche, y los niños corrían alegremente entre los adultos.

Keira casi había llegado al lugar del sendero donde había encontrado al seductor desconocido cuando vio a Vikram, el primo de Shalini. Éste la saludó.

—Keira, estás aquí. Te estaba buscando —Vikram la levantó en brazos y la abrazó.

—Vikram, bájame —protestó ella.

—No antes de que me beses —le dijo él.

Keira agitó la cabeza.

Vikram estaba locamente enamorado de una prima suya de dieciocho años, e igualmente decidido a no dejar que los padres de ambos la presionasen para que se casara con él antes de que ella pudiera completar sus estudios. Keira lo había conocido con dieciocho años y él había tenido veintiuno. Ella acababa de empezar la universidad entonces, y él ya estaba en su tercer año. Vikram había hecho todo lo posible para conquistarla y acostarse con Keira. Ella, por supuesto, se había negado, y en lugar de ser amantes habían terminado siendo amigos. Pero a Vikram todavía le gustaba tomarle el pelo por sus «remilgos», como le llamaba él.

—Será mejor que me bajes antes de que nos vean y se lo digan a Mona —le advirtió Keira bromeando.

–Mona te quiere tanto como yo, y lo sabes –se rió Vikram mientras la bajaba al suelo.

Entre las sombras, incapaz de moverse sin que lo vieran, Jay observó la intimidad entre Keira y Vikram. Al oír las palabras de advertencia de Keira, se puso rígido. Ella le había mentido cuando le había dicho que estaba sola, como le había mentido con su falso aire de vulnerabilidad y su igualmente pudorosa disculpa. Era evidente la relación que había con aquel hombre que la estaba abrazando.

–Será mejor que me vaya –dijo Vikram a Keira–. Me han pedido que vaya a buscar a tía Meena. Acuérdate de reservarme un baile. Oh... –exclamó metiendo una mano en el bolsillo para encontrar su cartera. Sacó unos cuantos billetes y agregó–: Casi se me olvidaba. Aquí tienes el dinero que te debo.

Vikram le había pedido que se ocupase de la decoración del nuevo apartamento que se había comprado, y aunque Keira le había conseguido descuentos en sus muebles, encargándolos ella misma como para su empresa, a Vikram aún le había quedado aún una factura sustanciosa por pagar, dinero que Keira había adelantado.

Keira se lo agradeció y guardó el dinero en su bolso. Vikram, Shalini y Tom eran sus mejores amigos, pero ni siquiera ellos conocían todo sobre ella. Había cosas que no les había contado por miedo a que la hubieran rechazado o a perder su amistad.

Keira se despidió de Vikram por el momento y siguió su camino.

Pero de repente se encontró con una figura familiar, de pie en el sendero, delante de ella, con los brazos cruzados.

—Oh, eres tú...

Había algo diferente en él y no sólo porque se había cambiado de ropa. Llevaba un traje oscuro y una camisa blanca con gemelos de oro. Parecía enfadado y algo más... Algo que le advertía del peligro que corría con él, lo que incomprensiblemente le resultó excitante.

—Tienes que perdonarme si he sido un poco brusco antes. Cuando me has rechazado, no me he dado cuenta de que era porque estabas aquí para ganar dinero y de que no habíamos negociado los términos. Deberías haber sido más directa conmigo.

Keira se quedó pasmada. Horrorizada.

—Al parecer, has dejado muy satisfecho a tu último cliente.

—No comprendes...

—Por supuesto que lo comprendo. Tú eres una mujer que alquila su cuerpo para placer de los hombres.

—¡No!

—Sí.

Sin darse cuenta se había movido hacia las sombras del sendero, y él le había sujetado las muñecas tan fuertemente que le estaba haciendo daño. Ella quiso soltarse pero no pudo.

—Suéltame —le pidió Keira.

—¿Disfrutas con tu juego? Bueno, para tu información, no me has engañado en absoluto. Es obvio lo que eres.

–No...

–Sí.

No estaban lejos del patio, pero no prestaron atención a nadie más que a ellos. La atmósfera estaba cargada de tensión sexual y rabia.

Jay tiró de ella hacia él. Estaba alterado, fuera de control. Sentía su orgullo de macho herido. Verla en brazos de otro lo había enardecido.

Bajó la cabeza y buscó la venganza por el insulto a su orgullo tratando de besarla.

La sensación que corrió por sus venas no fue sólo una mezcla de rabia y miedo, sino de excitación, pero Keira igualmente se puso rígida y lo rechazó. Enfadado, él le mordió suavemente el labio inferior, sobresaltándola. Su rigidez se convirtió entonces en un calor incontrolado, que la obligó a reaccionar con la misma ferocidad.

¿Cómo podía ser erótico algo tan salvaje?

¿Cómo podía estar allí de pie, de puntillas, tratando de recibir todo lo que pudiera de aquel beso castigador?

Él le soltó una muñeca y deslizó su mano hacia su cabello, sujetando su cabeza para besarla sensualmente.

Era casi una tortura. Una tortura que ella no quería que terminase.

Sus respiraciones agitadas rompieron el silencio de los jardines. Era una sexualidad que exigía más intimidad.

Jay llevó a Keira adonde estaba más oscuro mientras seguía besándola. Su rabia iba transformándose en deseo. Su mano estaba encima de su pecho, acariciándolo. Él la sintió estremecerse cuando le acarició el pezón con los pulgares por encima de la tela. Ella respondió poniéndolo duro. Él estaba excitado y agarró la mano de ella y la puso encima de su erección.

Keira cerró los ojos. No podía estar sucediendo aquello.

Pero así era. Y peor aún. Ella quería desesperadamente que sucediera.

Todo el largo de sus dedos no alcanzaba para abarcar su erección, dura y latiente. Ella se excitó.

Él se abrió paso entre sus labios con su lengua mientras le acariciaba el pezón rítmicamente. Éste estaba duro y deseoso de recibir su placer.

Si no hubieran estado allí en el jardín, él podría haberle quitado el vestido y haberle dado placer más adecuadamente, con su boca y sus manos.

Como si él hubiera leído sus pensamientos, ella lo sintió buscar la cremallera del vestido y bajarla.

En lugar de oponerse, ella se estremeció de placer.

Jay notó la reacción de su cuerpo a su tacto, y sonrió cruelmente después de dejar de besarla. No era una verdadera profesional, entonces. Si lo hubiera sido, no habría dejado que se notasen sus propios deseos. Era más bien una mujer muy sexuada, deseosa de placer, que había aprendido que los hombres estaban deseosos de pagar por su placer y el de ella.

A lo lejos se oyeron los estallidos de los fuegos artificiales, y aquel ruido devolvió a Keira a la realidad.

Cuando las primeras estrellas rosas cayeron al suelo, Keira empujó a Jay y exclamó vehementemente:

—¡No!

¿Qué diablos estaba haciendo ella?

Finalmente. Jay recibió el mensaje. Sería una nueva experiencia para él pagarle a una mujer por obtener sexo. Normalmente solían rogarle que les hiciera el amor, no al revés.

Keira observó, mareada, cómo Jay metía la mano en el bolsillo y sacaba la cartera. Pero hasta que él no sacó unos billetes y le preguntó «¿Cuánto es?», ella no se dio cuenta de lo que estaba haciendo.

Ella sintió náuseas.

—No —repitió, apartándose de él para que no viera cómo estaba temblando de vergüenza.

¿Ella lo estaba rechazando? ¿Cómo se atrevía? ¿Una mujer que él había visto aceptar dinero de un hombre?

Jay apenas podía contener su furia.

—No estaba ofreciéndote pagar por algo más. No merece la pena. Simplemente te estaba ofreciendo dinero por lo que me diste. Toma...

Cuando él intentó poner el dinero en el escote de Keira, ella se apartó.

—No estoy en venta —dijo.

—Mentirosa.

Él se fue antes de que ella pudiera decir algo más, dejándola subiéndose torpemente la cremallera y darse prisa para llegar al servicio más cercano y arreglarse el pelo y la cara antes de unirse al resto de invitados en el patio.

Era un esfuerzo para ella comportarse normalmente. Seguía en estado de shock, un doble shock después de la acusación de él. Se sentía más sola que nunca. Incluso más sola que cuando de niña se había dado cuenta de lo que era su madre exactamente.

–Tu madre es una prostituta. Va con hombres por dinero –le había dicho aquel niño.

Todavía oía la voz del chico de acento del norte que la había acorralado jugando y se lo había dicho.

Ella tenía ocho años entonces, y se había dado cuenta de que su vida era diferente de las de los otros niños del colegio, niños cuyas madres los esperaban a la salida, y los apartaban de ella cuando la veían. Niños que no volvían a casa para encontrarse con una madre que dormía todo el día y que «trabajaba» toda la noche para pagarse la droga.

A veces Keira tenía la sensación de que siempre había conocido la vergüenza, de una forma o de otra, y que ésta era su verdadera compañera, tanto en el pasado como en el futuro.

Capítulo 3

JAY se jactaba de tener un gran autocontrol. Era ese autocontrol el que le aseguraría no cometer el mismo error que su padre, de dejar que el deseo por una mujer avariciosa y mezquina lo humillase y lo dominase.

Pero siempre era él quien lo controlaba.

Ninguna mujer se había entrometido en sus pensamientos cuando él no había querido.

Y sin embargo allí estaba ella, filtrándose en sus pensamientos.

Y eso lo enfadaba aún más.

Lo había dejado con su deseo insatisfecho. Pero ¿por qué se molestaba en pensar en ella?

Probablemente ella se creía muy lista pensando que ofreciéndose primero y negándose luego iba a conseguir más que si simplemente se acostaba con él, pero él no permitía que nadie lo manipulase.

Sobre todo una mujer que intentaba jugar.

Él la había deseado, ella se había dado cuenta y había reaccionado a ello, y luego había intentado aprovecharse de ello.

En lo concerniente a él el juego había terminado.

Pero lo real era que ella se había marchado.

Aquello hería su orgullo tanto como la arena del desierto hería la carne al ser frotada contra ella.

Jay y su hermano Rao muchas veces habían montado a caballo en el desierto de pequeños. De pronto sintió un repentino anhelo de la libertad que le daba el desierto.

El desierto tenía la habilidad de desnudar a un hombre y dejarlo sólo con sus fuerzas y sus debilidades, de manera que tuviera que sobreponerse a ellas para sobrevivir. El desierto enseñaba a un niño cómo hacerse hombre y a un hombre cómo transformarse en un líder o un gobernante.

Había echado de menos el desierto en sus años de exilio, y una de las primeras cosas que había hecho cuando su hermano lo había llamado advirtiéndole de la inminente muerte de su padre, había sido cabalgar libre por el desierto.

Rao sería un gobernante bueno y sabio. Jay amaba y admiraba a su hermano mayor, y agradecía la compasión que había mostrado al intentar asegurarse de que Jay tuviera la oportunidad de hacer las paces con su padre antes de que éste muriese.

La cortesana que había causado la ruptura entre ellos se había marchado con un joven amante hacía mucho tiempo, y se había llevado un baúl lleno de joyas que le había regalado su padre, y algunas «prestadas» de los tesoros reales, piezas que jamás regresaron a él.

—He arreglado un encuentro para ti con Jay. Lamentablemente no puedo quedarme contigo, porque tengo otra reunión, pero él es un hombre sereno a quien le gusta la idea de tenerte en la plantilla como nuestra diseñadora de interiores.

Keira agradecía a Sayeed que la acompañase a la reunión, pero a la vez lamentaba no estar sola para estudiar el entorno tranquilamente.

Le había sorprendido que el millonario empresario que era el motor de aquellas modernas estructuras en la India tuviera sus oficinas en un antiguo palacio en el corazón del viejo pueblo de Ralapur.

—Jay no le da mucha importancia, pero la verdad es que su padre era el viejo maharajá, y hasta que su hermano se case, él es el heredero y el siguiente en la línea de sucesión al trono. El viejo maharajá, que estuvo enfermo durante algunos años, estaba en contra de la modernización. Rao y Jay, en cambio, quieren traer los beneficios de la vida moderna a la ciudad y a su gente, pero a la vez quieren mantener las cosas tradicionales que hacen de Ralapur un lugar especial. Es por ello que los nuevos edificios estarán fuera de la ciudad.

Keira comprendía que el nuevo maharajá y su hermano no quisieran estropear el lugar. Su propio sentido artístico había disfrutado con los edificios antiguos. La ciudad era una mezcla de estilos. No era fácil decidir qué estilo era el dominante.

Había influencia árabe, y según una leyenda uno de los primeros dirigentes de Ralapur había sido un príncipe guerrero árabe. También se veía la influencia persa de los emperadores Mughal, así como la calma de los templos hinduistas. A ella le habría encantado pararse para explorar y disfrutar de la ciudad a un ritmo más pausado.

El coche grande que había llevado a Sayeed y Keira había aparcado fuera de las murallas, donde se le había pedido a todo el mundo que abandonase los vehículos porque éstos no podían transitar por las estrechas calles del pueblo. Y ellos habían atravesado la ciudad por sus pintorescas calles. Una de las calles los había llevado a una plaza frente a un palacio real con dos guardias vestidos con trajes mughales y turbantes.

–Jay ha ocupado el palacio de un maharajá del siglo XVI, mientras que el que está en frente fue construido al mismo tiempo para su madre viuda, quien había sido en sus tiempos una famosa mujer de estado –dijo Sayeed.

Sayeed habló brevemente con el guardia de la entrada antes de acompañar a Keira por la escalera de mármol hacia un vestíbulo.

Ella estaba cada vez más nerviosa.

Ya le había impresionado bastante saber que su cliente era un exigente millonario, pero ahora que sabía que también era de la familia real, su aprensión aumentaba.

Él sería real, pero ella era una cualificada diseñadora de interiores que había hecho sus prácticas con una de las empresas más respetadas internacionalmente, y cuyo trabajo era altamente considerado, se recordó.

Pero también era la hija de una mujer que había vendido su cuerpo.

Desde pequeña ella se había dado cuenta de que

no debía contar nada sobre su madre. Porque cuando se enteraban los padres de sus compañeros, apartaban a sus hijos de ella.

Y se había prometido construir un muro que la separase para siempre de su pasado.

Su oportunidad había llegado cuando su tía se había muerto de un ataque al corazón y había dejado a Keira completamente sola en el mundo con una herencia de quinientas mil libras.

Había pagado clases de dicción para ocultar su acento del norte, y un curso de diseñadora de interiores. También había podido comprarse un pequeño apartamento en lo que entonces había sido una zona poco cara de Londres pero que en la actualidad se había revalorizado.

De pequeña ella había querido a su madre. Pero de mayor, su amor se había ido mezclando con rabia. Ahora la quería todavía, pero su amor estaba mezclado con pena y tristeza, y una firme determinación de no repetir los errores y debilidades de su madre.

Keira no mentía sobre su pasado, simplemente no contaba todo sobre él.

Sayeed y ella fueron acompañados a un salón de recepciones, un salón enorme decorado con columnas y paredes talladas con oro. Era impresionante.

Una pantalla de cristal desgastado estilo árabe recorría el pasillo del piso de arriba, permitiendo a los que miraban hacia abajo ver todo sin ser vistos. A Keira le pareció que la habitación tenía un aire de intriga y secretos, de susurradas promesas y amenazas, de favores reales y un férreo poder manejado detrás de sus puertas.

Aquél era un mundo diferente del que conocía ella. Era un mundo de tradiciones y exigencias. Dentro de aquellas paredes una persona sería juzgada por quienes habían sido sus ancestros, no por quienes fuesen ellos.

Keira se reprimió un pequeño estremecimiento de aprensión mientras seguía a Sayeed por la habitación.

El perfume a sándalo llenaba el aire.

Un hombre vestido con ropa tradicional vino a su encuentro. Sayeed le dio sus nombres. Éste hizo una reverencia y les indicó que lo siguieran por un pasillo estrecho detrás de los cristales desgastados. Éste daba a una puerta doble que se abría hacia un elegante patio.

El hombre los hizo atravesarlo y los condujo a otra puerta. Desde allí los hizo subir unas escaleras hasta que llegaron a una puerta que golpeó antes de abrir.

Cuando se abrió la puerta se vio un hombre hablando por su móvil, de pie frente a una ventana por la que se oía y veía la calle.

No, no era un hombre, pensó ella, sino el hombre por el que ella había roto la regla más importante en su vida; el hombre que ella había besado y tocado, y al que le había expresado, no con palabras, sino con su comportamiento, que lo deseaba. El hombre del que había huido, avergonzada y aterrada. El hombre que le había mostrado su desprecio ofreciéndole dinero por los besos que habían compartido.

Si hubiera podido, Keira se habría marchado corriendo.

Pero no podía hacerlo. Sayeed estaba de pie detrás de ella.

Los ojos grises del hombre la miraron y se posaron en su rostro. Él la había reconocido aunque no lo demostrase.

Sayeed dio un paso al frente y le dio la mano.

–Jay, te he traído a Keira, como te prometí. Ella tiene muchas ganas de que le des este contrato para mostrarte lo que es capaz de hacer. No creo que te sientas decepcionado por ella.

Keira se estremeció internamente al pensar en las palabras que había elegido Sayeed y la interpretación cínica que podía dárseles.

–No puedo quedarme –dijo Sayeed–. Tengo una reunión, así que tendré que dejaros que converséis sin mí. No obstante, ya te he dicho, he visto el trabajo de Keira, y puedo recomendártela personalmente.

Sayeed se fue antes de que ella pudiera detenerlo y decirle que había cambiado de idea. Que no quería aquel contrato por nada del mundo.

Jay la observó. Salvo que fuera muy buena actriz, no había fingido su sorpresa al verlo y darse cuenta de quién era él.

Así que, ésa era ella.

¿Una mujer que se vende a los hombres? ¿O una mujer profesional a la que le gusta soltarse la melena y jugar sexualmente? O quizás ambas cosas, dependiendo de su estado de ánimo.

Si era así, tal vez estuviera más acostumbrada a que le pagasen en regalos caros que en efectivo, aunque no había parecido disgustada al recibir el dinero de aquel hombre.

Aquel día estaba vestida como para una reunión de negocios, con estilo europeo. Y él notó una mínima gota de sudor en su labio superior, probablemente causada más que por el calor, por la incomodidad de verlo.

—Has venido altamente recomendada. Sayeed habla maravillas de ti.

Keira ignoró su tono burlón, e intentó controlar su rabia mezclada con vergüenza.

Su propio comportamiento era el arma que él tenía contra ella, y eso le causaba vergüenza. Y el hecho de que él no dudase un momento en utilizarla le provocaba rabia.

Bueno, ella no iba a responder a su agresión.

Jay frunció el ceño al verla callada.

Le irritaba no haber adivinado quién era ella, y al mismo tiempo le molestaba que ella hubiera traído consigo aquel perfume que lo embriagaba y que le recordaba su deseo por ella. Deseo que no sólo era recuerdo, pensó al notar su excitación involuntaria.

Ella usaba su sexualidad del mismo modo que usaba el perfume. Lo atraía con ella, y alertaba sus sentidos aunque quisiera mantener un aire de distancia.

Jay se dio la vuelta y caminó por su despacho.

—¿Te has acostado con Sayeed? ¿Es por eso que tiene tanto interés en que consigas este contrato?

¿Te lo ha prometido a cambio de tus favores sexuales?

–No. No me voy a la cama con nadie para ase-
gurarme un trabajo. No lo necesito –le dijo Keira,
orgullosa–. Mi trabajo habla por sí solo.

–Sí, ya lo creo. Lo he visto por mí mismo anoche.

Ella sintió que le hervía la sangre. No había
duda del significado de sus palabras.

–Piensa lo que quieras.

–No son mis deseos los que guían la lógica de
mis procesos mentales. Es la prueba de lo que
ven mis ojos. El hombre con el que te vi anoche te
dio dinero. Lo vi con mis propios ojos. Una cantidad sustanciosa.

Keira tenía que defender su reputación profesional. No iba a conseguir el contrato, así que no tenía
nada que perder si se defendía.

–Y por eso sacas conclusiones de que soy... ¿de
que vendo mi cuerpo? Eso no es lógico. Es una suposición surgida del prejuicio.

¿Ella se atrevía a discutir con él? ¿Se atrevía a
defender lo indefendible y acusarlo de tener preju-
cios?

Jay estaba furioso.

–Él te dio dinero. Lo vi con mis propios ojos.

–Es un viejo amigo. Me estaba pagando los
muebles de su apartamento. Si no me crees, puedes
preguntárselo a él. Y también puedes preguntárselo
a Shalini.

–¿A Shalini?

–A la novia. Vikran y ella son primos. Shalini,

Vikram, Tom, el marido de Shalini, y yo, fuimos juntos a la universidad.

Keira no sabía por qué le estaba contando todo aquello. No le serviría de nada. Había perdido el contrato, y aunque necesitaba el dinero desesperadamente, una parte de ella se sentía aliviada.

Había cosas más importantes que el dinero, y su tranquilidad mental era una de ellas.

Jay frunció el ceño. Algo le decía que ella estaba diciendo la verdad. Pero no pensaba rebajarse preguntando a otros sobre ella.

Y además, había otras cosas en juego. Ella tenía una impresionante lista de clientes, la mayoría de los cuales eran mujeres. Aquello había sido uno de los factores principales en su decisión de contratarla. La creciente clase media India quería hogares nuevos occidentalizados, y eran principalmente las mujeres las que estaban tomando decisiones sobre los constructores a quienes compraban. El interior de los apartamentos era importante a la hora de comprar una casa, y Jay sabía que no podía arriesgarse a cometer errores en la elección del decorador de interiores.

En el papel aquella mujer cubría todos los requisitos. Tenía conexiones con la élite de familias indias de Londres, sin duda a través de las amistades que había hecho en la universidad... Había trabajado para ellas en Londres, y sabía que sus clientes habían halagado su habilidad para unir el mejor estilo hindú tradicional con el moderno estilo occidental para crear interiores con estilo único. Ella también había trabajado en Mumbai. Aparentemente se sentía en casa en ambas culturas, y tenía la aprobación del matriarcado hindú, algo vitalmente importante para su profesión, e indirectamente para los negocios de él.

El silencio de aquel hombre era enervante, pensó Keira.

—Mi trabajo habla por sí mismo —repitió.

—Pero tal vez tu lenguaje corporal hable más claro, ¿no? A mi sexo, al menos —contestó él con voz de acero.

Keira levantó la barbilla y le dijo con orgullo:

—No veo el sentido en prolongar esta conversación, ya que es obvio que no tienes intención de contratarme como diseñadora de interiores.

Ciertamente él no quería contratarla ahora que sabía quién era ella. Pero no podía hacerlo, tanto por Sayeed como por sí mismo.

Sayeed era un socio un poco nuevo en el negocio, pero tenía derecho a cuestionarle por qué había rechazado a Keira después de haber llevado las negociaciones hasta ese punto. Sayeed podía sentirse ofendido. Y aunque él era demasiado poderoso para preocuparse por algo así, tenía su código moral y sus escrúpulos, y no podía permitir que sus sentimientos personales interfirieran con sus negocios, y menos sin dar una explicación.

La situación no era negociable, tanto desde el punto de vista práctico como moral. No tenía otra opción que seguir adelante y formalizar la oferta de un contrato, como esperaba Sayeed.

—Personalmente, no —dijo él—. Si el juego de la pasada noche tenía como objetivo aumentar mi apetito, me temo que ha fallado. No obstante, en cuanto al contrato como diseñadora en el nuevo complejo, estoy dispuesto a aceptar las recomendaciones de Sayeed de que tú seas la persona indicada para el trabajo. Por supuesto, si él se equivoca...

Keira hizo un esfuerzo para digerir lo que acababa de decirle: tanto su ataque personal como su oferta de un contrato.

Se sentía atrapada. Si bien ella podría haber dado la espalda al contrato, si lo hacía arrastraba a Sayeed con ella, puesto que él había dejado claro que Sayeed se vería envuelto también en el resultado de la negociación.

Y ella no quería estropear la reputación del negocio de Sayeed.

Y suponía que aquel hombre cínico que se hallaba frente a ella lo sabía.

—Muy bien —dijo ella poniéndose de pie—. Pero quiero que quede claro que la relación entre nosotros será exclusivamente la de un constructor con una diseñadora de interiores. Nada más.

¿Ella se atrevía a advertirle de que se mantuviera a distancia?

Jay no podía creerlo.

—¿Estás segura de que eso es lo único que quieres? —se burló él.

Keira se puso roja.

—Sí.

—Mentirosa... —comentó él—. Pero, está bien, porque te aseguro que no tengo intención de que nuestra relación sea otra que profesional. La verdad es que, si me deseas, vas a tener que venir de rodillas a pedírmelo. Y aun así... –la miró con desprecio–. Bueno, digamos que no soy un fanático de la mercadería usada.

Si ella hubiera podido marcharse, lo habría hecho. Pero no podía. Estaba atrapada.

De pronto se abrió la puerta del despacho y apareció Sayeed, entusiasmado.

–La cita que tenía se canceló, así que he vuelto. ¿Qué tal va?

–Como la señorita Myers viene recomendada por ti, Sayeed, voy a ofrecerle el contrato. Si lo acepta o no, por supuesto, depende de ella.

Keira lo miró con ojos de fuego.

–Por supuesto que aceptará, Jay –dijo Sayeed, entusiasmado.

–Entonces, estamos de acuerdo. Keira será nuestra diseñadora de interiores –dijo Jay–. Le diré a mi ayudante personal que se ocupe del contrato, y para celebrarlo, esta noche podemos cenar los tres juntos, y discutir todo con más detalle. Te alojas en el Hotel Palace Lodge, ¿verdad, Keira? Enviaré un coche a recogerte a las ocho.

Keira estaba desesperada por aquella situación. No podía disfrutar del paseo por la ciudad.

No recordaba cuándo había sabido lo que era su madre. Pero recordaba que tenía nueve años cuando su madre le había dicho que su padre era un hombre casado que le había dicho que la amaba.

–Siempre dicen que te aman cuando quieren acostarse contigo. No era mi primer hombre, no. Desde los catorce años tengo a los hombres detrás de mí. Ése ha sido mi problema, Keira. Siempre me ha gustado pasármelo bien. Es mi naturaleza, ya ves. Y será la tuya también. No podemos evitarlo. Venimos de una línea de mujeres así. Un día vendrá un chico y antes de que te des cuenta estarás abriéndote de piernas –le había dicho su madre un día.

Keira todavía se estremecía al recordar sus palabras. La habían atemorizado toda la vida, y mucho antes de entrar en la universidad le habían hecho tomar la decisión de que no se enamoraría nunca.

Después de la universidad Keira se había trasladado a Londres por un trabajo de diseñadora de interiores.

A través de la amistad con Shalini y Vikram había tenido contacto con el área de étnicas diversas de Brick Lane y pronto había respirado su intensidad creativa y la había integrado en su trabajo.

Pronto se había corrido la voz de que ella tenía afinidad con el gusto hindú, y los hindúes ricos habían empezado a darle trabajo.

Y poco a poco había empezado a destacar y a labrarse un mercado propio.

Había conocido a Sayeed a través de Vikram, y un tío de éste lo había incluido en la construcción de propiedades en la India, que era el modo en que Sayeed había conocido a Jay.

El recordar a Jay, o mejor dicho a Su Alteza el Príncipe Jayesh de Ralapur, la ponía tensa.

¿Cómo había podido dejar que sucediera aquello?, se preguntaba.

Nunca antes ella se había visto tentada de infringir las reglas que dirigían su comportamiento.

Sí, había besado a chicos en la universidad, no quería que pensaran que era rara, pero cuando habían empezado a querer más, les había dicho que no.

Era verdad que alguna vez algún pasaje en un libro o una escena de una película, la había excitado un poco, era humana después de todo, pero nunca se había permitido excitarse en la realidad.

Hasta la noche anterior.

No podía quedarse a trabajar con él.

¿Por qué?

¿Porque terminaría acostándose con él? ¿Rogándole, como le había dicho, que se acostase con ella?

No, ella tenía su orgullo.

Ella iba a mostrarle que era capaz de permanecer fría ante él.

¿Podría hacerlo?

Ella era una virgen de veintisiete años que en realidad tenía miedo de estar en peligro de romper la promesa hecha hacía tantos años. Y él parecía un hombre que actuaba con las mujeres como un río caudaloso que las arrastrase en su corriente sin remedio.

Pero la realidad era que no podía permitirse perder aquel contrato. Era una oportunidad profesional inigualable. Su éxito elevaría su estatus en su trabajo.

Lo único que debía hacer era mantener la promesa que se había hecho de no ser físicamente vulnerable.

Cuando faltaban dos minutos para las ocho, Keira bajó a la recepción del hotel y avisó a la chica del mostrador que iban a enviar un coche a recogerla.

A las ocho y cinco Sayeed apareció corriendo por la entrada del hotel, y sonrió al verla.

—Jay pide disculpas, pero finalmente no puede venir —le dijo Sayeed sentándose en el asiento frente a ella.

Sayeed dejó un sobre encima de la mesa de mármol que había frente a ellos, e hizo señas a un camarero. Luego, sin preguntarle a Keira, pidió champán. Sus ojos brillaban de entusiasmo.

—Me ha dado el contrato para que lo firmes. Me voy a Mumbai y luego a Londres por la mañana, pero quiero estar seguro de verlo antes de marcharme. Ah, y me ha dicho que se pondrá en contacto contigo mañana para ponerte al tanto de todo y decirte lo que quiere. Es un buen contrato, Keira. Hay un buen pago por adelantado. Una cosa que puedo decirte de Jay es que espera el mejor resultado, y que no tiene problema en pagar por ello.

El camarero llevó el champán.

—Por el éxito —Sayeed levantó la copa para brindar con ella.

Media hora más tarde el contrato estaba firmado

y leído. Sayeed le prometió enviarle un fax con una copia cuando Jay hubiera firmado también.

Y la cabeza de Keira estaba levemente mareada tanto por el champán como por la noción de que ya no había vuelta atrás.

Capítulo 4

KEIRA acababa de contestar sus últimos correos electrónicos cuando oyó un golpe en la puerta del hotel. Automáticamente fue a contestar. Su cuerpo se puso rígido cuando se encontró con Jay de pie allí.

Cuando Sayeed le había dicho que Jay se pondría en contacto con ella, había supuesto que lo haría telefónicamente, y no presentándose personalmente sin avisar, a una hora tan temprano por la mañana.

—He pensado que podríamos empezar temprano yendo en coche a la obra antes de que haga demasiado calor. Luego podemos volver y conversar acerca de lo que quiero que hagas y el momento en que quiero que lo hagas —dijo Jay, entrando en su habitación.

Era una anónima habitación de hotel, pero su presencia allí le resultaba un poco íntima.

—Si me hubieras llamado por teléfono, podría haberte esperado en la recepción —le dijo Keira fríamente.

—Si hubieras tenido encendido el móvil, habrías sabido que te he llamado varias veces —respondió él.

Keira se puso colorada.

Se había olvidado totalmente de que había apagado el móvil.

–Tienes que ponerte zapatos adecuados y un sombrero –le aconsejó él.

–Gracias, pero he ido a obras muchas veces.

No era totalmente cierto, pero no iba a dejar que pensara que era totalmente incapaz.

Hizo una pausa y agregó:

–Puedo estar lista para encontrarte en el vestíbulo del hotel dentro de un momento. No me llevará mucho tiempo cambiarme.

¿Se atrevía a insinuar que él pudiera haber ido allí por algún interés personal después de todo lo que él le había dicho el día anterior?

¿Sería otro de sus juegos para despertar su interés?

–Sería un tonto si me lo creyera. Las mujeres tardan mucho en estar listas. Tienes cinco minutos –respondió él.

Luego se sentó en una silla y agarró el control remoto de la televisión para mirar la información bursátil.

Keira tardó cuatro minutos en cambiarse en el cuarto de baño.

Llevaba un pantalón color arena, una camiseta blanca y unas zapatillas deportivas estilo desierto.

Cuando salió del baño, agarró un sombrero, unas gafas de sol y una camisa de manga larga para ponerse encima de la camiseta. Puso todo dentro de una cesta, en donde llevaba también un bloc y lápices, todo sin mirar al hombre que estaba delante del televisor, de espaldas a ella.

No estaba acostumbrada a tener a un hombre en su dormitorio, y su presencia conjuraba imágenes que la hacían temblar. Y se alegró de que él no la estuviera mirando, porque hubiera tenido la sensación de que le podía leer el pensamiento.

Seguramente dormiría desnudo. ¿Estrecharía en brazos a su amante después de poseerla?

¿Se despertaría ella con sus caricias magistrales?

Debía de ser un amante apasionado, pero ¿tendría también un lado tierno?

Jamás lo sabría. Porque jamás conocería la pasión ni la ternura de un hombre.

Tuvo una sensación de pérdida al pensarlo, algo que le produjo un shock. Miró la nuca de Jay, deseando que aquella sensación desapareciera.

Cuando ella recogió el ordenador portátil, él apagó el televisor y se puso de pie.

Y ella tuvo la inquietante sensación de que él se había enterado de todo lo que ella había pensado y sentido a pesar de estar de espaldas.

Cinco minutos más tarde estaban en la carretera. Él tenía unas gafas Ray-Ban que le daban un aspecto más intimidante aún.

Pasaron por la parte antigua de la ciudad, y se dirigieron a una carretera comarcal que los llenó de polvo. Keira agradeció el aire acondicionado y los cómodos asientos.

–¿Está avanzada la construcción? –preguntó Keira.

–Estamos a punto de terminarla, y vamos adelantados de momento. Pero eso no quiere decir que podamos relajarnos. Queremos lanzar el complejo antes de que venga el monzón, con cobertura publicitaria en la televisión y en otros medios de comunicación en Mumbai, y una gran fiesta en el hotel, junto con regalos de vuelos para que vengan a verlo los compradores potenciales. Es por ello que he estipulado en el contrato que quiero que estés aquí, donde puedo estar al tanto de tus progresos día a día y de tus servicios exclusivos hasta que termine tu contrato con nosotros.

Keira se puso tensa por el shock.

–¿Quieres que me quede aquí? No puedo hacer eso. Mi oficina está en Londres y...

Keira se interrumpió cuando el coche pasó un bache.

–Me temo que tendrás que estar aquí. El contrato establece claramente los términos. ¿No lo has leído?

–Debo de haberme saltado una parte –contestó Keira.

Si lo hubiera leído... ¿Qué? ¿Habría rechazado el contrato? ¿Podía permitírselo?, pensó ella.

–Voy a tener que ir a Londres aunque sólo sea para traer materiales.

–Es deseo expreso mío que todos los materiales que se usen en el interior de los edificios sean de la zona. Es un requerimiento del contrato, y algo esencial en el proyecto. Hemos sido muy afortunados por conseguir los terrenos y el acuerdo de mi hermano el maharajá para el plan de este proyecto. Pero su permiso está condicionado a que el proyecto beneficie a la gente de aquí. Su deseo y el mío es que la vieja ciudad se vea beneficiada por un nuevo proyecto, y que se convierta en destino de viajeros adinerados y cosmopolitas. Para que cuente con ese atractivo, es fundamental que se preserve su historia viva. Supongo que Sayeed te habrá contado todo esto, y que estamos trabajando con el maharajá y sus consejeros para que se cumplan las condiciones, ¿no? Condiciones con las que estoy totalmente de acuerdo.

Por supuesto que sí. El maharajá era su hermano. Y él un príncipe acostumbrado a conseguir todo lo que quería.

Pero con ella no iba a lograrlo.

—No lo recuerdo, Su Alteza Real —dijo ella poniendo distancia.

—No hace falta que te dirijas a mí de esa manera. Estoy cumpliendo un papel que no requiere de mi título, así que no veo razón para que lo hagas.

¿Por qué le molestaba aquello?, pensó ella.

¿Porque acortaba la distancia entre ellos?

¿Porque tenía miedo de terminar rogándole que le hiciera el amor?

No, por supuesto que no.

Subieron por una carretera en cuesta que terminaba en una especie de meseta.

Keira vio parte de la construcción a lo lejos.

—¡Estás construyendo una copia de la antigua ciudad! —exclamó ella, sorprendida, mientras miraba a través del polvo—. Sayeed me dijo que estabas construyendo apartamentos.

—Y lo estamos haciendo. Son apartamentos —respondió Jay señalando los edificios dentro de la

muralla de la ciudad–. Cuando terminemos el trabajo aquí, construiremos bloques de oficinas que
alojarán a la nueva industria tecnológica al otro
lado de la ciudad. Los bloques de oficinas se harán
con materiales naturales que reflejen el entorno natural. La idea de una ciudad antigua le gusta a todo
el mundo, así que hemos decidido recrearla en lo
exterior, mientras que el interior esté preparado
para la vida moderna.

Era un proyecto muy ambicioso, pensó ella.

–Desde el punto de vista ético, es una buena
idea. Pero tienes que pensar que tal vez la gente de
aquí no tiene la preparación necesaria para hacerlo.
Y aunque la tuviera, quizás no puedan satisfacer la
demanda de un gran número de viviendas –dijo
ella.

–Que es por lo que estoy en conversaciones con
mi hermano y algunas familias de aquí, con vistas
a hacer cursos de entrenamiento a cargo de los artesanos y especialistas locales.

Jay paró el coche en una plataforma polvorienta.

–La primera fase de la construcción está casi
terminada. Te llevaré para que la veas. Tendremos
que ir caminando desde aquí.

Dos horas más tarde Keira se dio cuenta de que
lo que le había mostrado Jay era el sueño de cualquier diseñador, o la pesadilla, dependiendo de la
confianza y el apoyo que tuviera del constructor.

La arquitectura de la zona residencial imitaba la

de la vieja ciudad. Los hogares estaban agrupados y todos tenían un patio y un jardín. Las casas eran casi todas de dos plantas con grandes balcones en el primer piso y acceso a una buhardilla.

También construirían un grupo de edificios para una zona comercial, con modernas cafeterías y restaurantes, así como tiendas de comestibles y otros suministros necesarios.

Las casas tendrían suelos tradicionales, en mármol o mosaico. Lo que él buscaba para los interiores, como le había explicado a Keira, era una sencilla elegancia, una mezcla de estilos tradicional y moderno, y muebles que satisficieran el gusto de los compradores.

—Quiero un estilo único para estas propiedades, que entrañe un cierto estatus y que satisfaga las aspiraciones de la gente que va a vivir aquí. Tiene que ser individual con respecto a cada propiedad, y a la vez crear una armonía entre ellos.

Eso significaba usar colores básicos que armonizaran y contrastaran para producir individualidad, a la vez que mantuvieran una unidad. Tal vez pudiera lograrlo con paredes blancas en los interiores, pero con materiales muy distintos, y con distintas texturas de muebles y estilos.

—Quiero saber si quieres que las casas de un mismo grupo compartan el mismo estilo, y los grupos tengan estilos diferentes, o si quieres una mezcla de estilos en cada grupo, repetido en varios grupos —preguntó Keira a Jay.

—Podrás ver el plan general más claramente cuando veas el modelo en escala —contestó Jay—.

Queremos darle a la gente la oportunidad de trabajar y vivir aquí, o de usar la propiedad como un lugar de ocio. Vamos a construir un lago para recreo
a poca distancia de aquí, lo que junto con el lago
que ya existe y el hotel, y la ciudad antigua por supuesto, transformarán este lugar en un sitio ideal
para visitar o vivir. El hotel se agrandará con una
zona de entretenimientos, y esperamos que con
irrigación podamos conseguir cultivos que alimen-
ten a la nueva población y a los visitantes.

—Es un proyecto muy ambicioso —es lo único
que pudo decir ante todo aquello.

—Soy un hombre muy ambicioso.

Y muy sexy, pensó ella.

Su presencia la intoxicaba. Era como si su
cuerpo estuviera en contra de ella.

¿Y qué si él era sexy, carismático y sensualmente inquietante? También era cruel, despiadado
y arrogante, incapaz de juzgarla con justicia. Y ella
sería tonta si se dejaba atrapar por la atracción sexual hacia él.

Pero ¿no era verdad que ya se había dejado
atraer por él como hombre?

Keira sintió el violento bombeo de su corazón.
No debía ceder a aquella debilidad y vulnerabilidad.

—Hay un diseñador de materiales cuyos productos podrían ir bien aquí —le dijo Keira—. Es posible
que esté dispuesto a fabricar y diseñar algunos materiales especialmente para nosotros. La idea que
tengo es usar los colores calientes típicos de India
pero de un modo más moderno: rayas, algodones

rústicos. Telas que tengan un atractivo moderno pero con algo hindú. Podemos tener iluminación con adornos en mosaicos de colores, pero con formas modernas, por ejemplo.

Las telas en las que ella estaba pensando irían bien con muebles modernos minimalistas, en plástico y cromo, como lo harían con cosas más tradicionales.

Ella era apasionada en su trabajo, como lo era él, pensó Jay. Pero no quería demostrarle que compartían algo, ni que la admiraba por su trabajo.

Y tampoco quería admitir que había disfrutado contándole su visión del proyecto para el futuro porque él había intuido que, a diferencia de otras mujeres que había conocido, ella estaba realmente interesada en lo que él estaba haciendo.

En su lugar, Jay se concentró en la sensualidad con la que hablaba ella de su trabajo. Era como observar que una imagen se hacía viva, su pasión iluminaba su expresión. De la misma forma que ella nacería a la vida en sus brazos, en el calor de la pasión, ofreciéndole a él su cuerpo y su placer, incitándolo a tomarlo y a hacerla suya, excitándolo hasta que tuviera que poseerla.

El cuerpo de Jay se tensó con deseo.

—Describes un cuadro muy sensual. Creo que deliberadamente —dijo él con tono acusador.

—Simplemente estaba describiendo un aplique de luz. Si tú ves algo sensual en ello, es cosa tuya —se defendió Keira.

—¿No lo consideras sensual tú? Hay gente que cree que el mensaje que hay por debajo en el *Kama*

Sutra es que todo está diseñado para el placer sensual y sexual.

El shock causado por sus palabras fue como un golpe. Ella sentía su respiración tibia en su piel, del mismo modo que sus palabras calentaban su imaginación.

¿El *Kama Sutra*? No era justo que le nombrase ese libro después de haberle dicho que le rogaría a él que tuviera sexo con ella.

—No sabría decirte. No es un libro por el que haya tenido interés –dijo Keira.

—¿Porque no crees que puedas aprender nada de él?

—Los libros que instruyen a las mujeres para que se degraden para el placer de un hombre jamás serán fuente de la que quiera aprender –respondió Keira.

—El *Kama Sutra* no contiene ninguna sugerencia de degradación para nadie. Más bien se trata del placer mutuo, de dar y recibir placer, de la educación sexual y sensual del hombre y la mujer para que experimenten el mayor grado de placer juntos y de uno hacia otro.

Keira se habría marchado para huir de aquella voz aterciopelada que dibujaba unas imágenes en su cabeza que la hacía retorcerse de deseo.

—Es hora de volver.

Su cambio de tema fue un alivio, pero Keira siguió manteniendo la distancia entre ellos mientras volvían. Él caminaba muy rápido, y ella tuvo que darse prisa para ir a su paso, ignorando el peligro de las rocas sueltas y profundos surcos en la carretera polvorienta cavados por las ruedas de excavadoras.

Casi habían llegado al coche cuando ocurrió.

Una piedra suelta que tenía debajo del pie rodó hacia un bache y ella perdió el equilibrio.

Jay oyó la exclamación de Keira y se dio la vuelta. Se acercó a ella y la sujetó justo antes de que se cayera. Su fragancia masculina la embriagó. Su masculinidad era tan potente que se sintió mareada. Ella podía sentir el calor del sol en su espalda, pero eso no era nada comparado con el calor que sintió al sentir las manos de Jay en sus brazos.

Lo único que quería él era sujetarla, lo sabía. Pero su tacto le trajo reminiscencias de la forma en que la había abrazado cuando la había besado, y ella tuvo que hacer un esfuerzo para resistir el deseo de apretarse contra él. Si la besaba en aquel momento, tendría gusto a sal, a calor y a hormonas masculinas, estaba segura.

Debió de ser el shock por su propia reacción sexual lo que provocó aquella sensación de que el tiempo se detenía, pensó ella.

Al ver la sombra de una barba incipiente en su mejilla, tuvo la irresistible tentación de tocarla y luego deslizar la mano para trazar la curva de su boca. Pero no lo hizo.

Jay sabía lo que estaba haciendo ella, se dijo Jay. Mientras otras mujeres se ofrecían a él abiertamente, ella actuaba de un modo sutil, haciéndolo esperar. Y su juego tenía el resultado de excitarlo.

No debía haberse referido al *Kama Sutra*, pensó Jay. Porque aquello había conjurado imágenes en su mente que habían debilitado sus defensas, imágenes en las que el cuerpo de Keira, blanco y desnudo participaba de la sensualidad y el juego amoroso. Algo que lo excitaba terriblemente.

Si él la besaba en aquel momento...

Cuando Jay quitó sus manos de sus brazos Keira se dijo que era un alivio. Ahora era libre de apartarse de él.

¿Qué diablos le pasaba? Era como si un extraño hubiera tomado posesión de ella.

—Gracias —dijo Keira.

Lo había vuelto a hacer, pensó Jay. Lo había excitado y luego se había apartado. Ninguna mujer le hacía eso y menos aquélla.

Capítulo 5

CUANDO hayas visto el modelo del proyecto, me gustaría ver cuanto antes algún plan concreto y borradores de los interiores para la primera fase de los apartamentos –dijo Jay cuando iban por el camino polvoriento.

Se quitó las gafas de sol y agregó:

–Me voy a Mumbai mañana por la noche, así que tienes veinticuatro horas para darme una vista general antes de que me vaya.

La rapidez con la que esperaba su trabajo era impresionante.

–No puedo hacer planos de interiores en veinticuatro horas –protestó Keira.

Lo miró de lado y notó que él había tomado su afirmación como una admisión de fallo en lugar de una opinión profesional honesta sobre lo que se podía hacer en ese tiempo.

Bueno, ella no iba a mentir.

Keira alzó la barbilla.

–He dicho una vista general, no un plano detallado –comentó Jay–. Colores, estilo, como para que pueda meditar sobre ello mientras viajo.

–No tengo las muestras conmigo, ni un despacho apropiado, ni...

–Vas a quedarte en el ala de los invitados del palacio mientras estés trabajando en el proyecto. Ya he arreglado con el hotel para que envíen tus cosas allí, así que te estarán esperando cuando volvamos. El alojamiento para ti incluye un despacho.

Ella se quedó con la boca abierta.

—Te resultará más cómodo. Te suministraré un chófer para que puedas ir a la obra cuando quieras mientras yo esté en Mumbai. En cuanto a tus muestras, creí que te había dejado claro que quiero que uses materiales de la zona. Te llevaré al bazar cuando te haya mostrado el modelo a escala de la obra, y te presentaré a algunos de los suministradores con los que he trabajado.

—¿Estás seguro de que necesitas un diseñador?

La idea de compartir el techo con él la había disgustado tanto que no pudo evitar expresar su sarcasmo de la situación.

—Lo que a mí me parece es que tú necesitas alguien que te diga «sí» a todo lo que dices —dijo ella.

—¿No es eso lo que todas las mujeres quieren secretamente? ¿Un hombre que pueda domar la creatividad de la mujer y adaptarla a su propio deseo? Vosotras, las mujeres modernas, es posible que lo neguéis, pero ninguno de nosotros puede ir en contra de la naturaleza. ¿No es verdad que secretamente prefieres un hombre que se conozca a sí mismo y conozca sus deseos para que pueda ser un amante creativo? De ese modo podría hacer realidad todas tus fantasías.

¿Cómo era posible que ella estuviera tan fría y tan excitada a la vez?

—¿No tienes nada que decir? Quizás entonces

tus amantes no te hayan satisfecho como deberían haberlo hecho.

¿Cómo se había desviado la conversación de aquel modo?, pensó ella.

Fuese como fuese, no era bienintencionado, pensó ella.

Keira tomó aliento y dijo:

–No creo que este tipo de conversación sea apropiado, teniendo en cuenta nuestra relación de trabajo.

Ella lo estaba haciendo otra vez, pensó Jay. Sentía una mezcla de excitación y rabia. Él no comprendía por qué aquella mujer le hacía perder el control.

Aquella mujer lo excitaba, lo tentaba, lo hacía arder de deseo.

–Teniendo en cuenta nuestra relación profesional, pero ¿qué me dices de esta relación? –dijo él.

Cuando terminó de hablar quitó la mano del volante y la extendió para tocarle un pezón.

El shock de su tacto fue eléctrico.

Cuando Jay la miró y notó su expresión de deseo detuvo el coche en medio de la carretera polvorienta.

Era casi mediodía. No había escapatoria puesto que el sol quemaba terriblemente.

Keira vio los árboles que podían proveer sombra y protección del calor. Pero ella estaba expuesta a su propia estupidez. La seguridad era algo muy frágil cuando se oponía a fuerzas de la naturaleza como aquel deseo.

Pero tenía que controlarlas, aunque tuviera que hacer un esfuerzo sobrehumano para ello.

–Esto no es una relación –dijo ella–. Es... Es...

–Deseo, hambre...

Keira notó cómo su control se debilitaba.

–No es nada –lo corrigió ella.

–¿Nada? ¿Estás segura?

–Me has contratado como diseñadora de interiores. Ésa es la única relación que quiero que haya entre nosotros.

Keira contuvo la respiración, esperando que él la llamara mentirosa.

–Tu cuerpo dice algo muy diferente. Sin duda porque está entrenado para reaccionar a mi sexo de un modo que lo halaga.

Era insultante, pensó Keira, pero no iba a darle el gusto de saber que la había alterado.

–Es increíble cómo vemos en los demás lo que en realidad queremos ver –respondió Keira fríamente.

–¿Quieres decir que la dureza de tus pezones fue causada por mi imaginación? –dijo él cruelmente.

–Creo que deberíamos cambiar de tema.

Aquélla era una variación sobre un viejo juego, pensó Jay, y era inesperadamente erótico.

Ella era buena. Era muy buena. Podía hacerlo pasar del orgullo a la rabia, y de la rabia a la excitación sexual, todo en un espacio de minutos con unas pocas palabras.

Si fuera así de buena en la cama...

Media hora más tarde el coche aparcó en el aparcamiento de la ciudad, y luego entraron al palacio.

El modelo a escala de la nueva ciudad y sus alrededores estaba expuesto en una mesa cubierta de cristal en una habitación casi vacía.

Sin ninguna orden, un muchacho apareció con una bandeja con té. Keira lo bebió, agradecida.

—Comeremos en la vieja ciudad cuando estemos fuera –le dijo Jay–. Hay varios restaurantes buenos allí. Mientras, si quieres refrescarte, Kunal te mostrará tu habitación –alzó la muñeca para mirar la hora.

Keira miró también. Su antebrazo estaba bronceado y era musculoso. Tenía una sombra de vello. Ella sintió una mezcla de calor y debilidad.

¿Qué le estaba sucediendo?

¿Cómo era posible que el solo mirar la muñeca de un hombre provocase aquella reacción?

—Tengo que hacer un par de llamadas telefónicas, así que te veré abajo dentro de media hora.

El ala de los invitados debía de haber sido el ala de las mujeres en el palacio, pensó Keira. Tenía su propio patio y su jardín, con una fuente y un estanque que veía desde la enorme habitación a la que la había llevado Kunal.

Cuando Kunal se marchó, Keira exploró la habitación.

Estaba decorada en un estilo imperio francés, y el cuarto de baño era del mismo tamaño que el salón de su casa de Londres.

Aquellas habitaciones habían sido creadas para una mujer sensual y activa sexualmente, pensó Keira. ¿Habría sido una cortesana? ¿Era por ello que él le había asignado aquella habitación? ¿Como para recordarle lo que pensaba él de ella?

Keira se lavó y cambió rápidamente. Se puso una blusa de algodón de manga corta y una falda clara y bajó al vestíbulo, donde Jay la estaba esperando.

–He pensado que podíamos comer aquí –dijo Jay indicando la puerta de un restaurante a un lado de la calle principal de la ciudad–. Sirven comida tradicional de la zona. Y te advierto que es bastante picante. Si quieres comer en otro sitio...

Keira no creyó que tuviera hambre, pero el aroma de la comida le abrió el apetito.

–No, aquí está bien –respondió.

El restaurante estaba lleno de gente. Los camareros llevaban ropa tradicional brillante y turbantes que les daban un aire de guerreros. Había comensales sentados en cojines en el suelo.

Los camareros hicieron una reverencia y el dueño del local se dio prisa en recibirlos, y les ofreció una mesa más alta y sillas al ver a Keira.

Keira agitó la cabeza.

–A no ser que prefieras eso –dijo ella a Jay.

Él desestimó su sugerencia encogiendo los hombros.

–Servimos comida tradicional como *sule kebas* ahumados –le dijo el dueño a ella–. Y comida vegetariana de los maheshwaris y de los marwaris. Pero si me permite, le recomiendo nuestro *dal baati*, que es una especialidad de la casa.

–Sí, por favor –aceptó Keira con una sonrisa.

Ella se sentía cómoda con las costumbres tradicionales de la India y con su comida, notó Jay, al ver a Keira comer con evidente placer.

Cuando salieron a la calle las tiendas estaban volviendo a abrir después del calor del día.

Jay le explicó que el suministro de agua venía de pozos artesanos cavados en la tierra, debajo de la meseta rocosa en la que se había construido la ciudad.

Keira escuchaba con interés a un Jay que hablaba con orgullo de sus ancestros. Sus orígenes eran tan distintos. Él podía sentirse orgulloso de sus padres y su educación, y ella sólo sentía vergüenza. Él era el hijo de un maharajá, y ella la hija de una prostituta y una adicta a las drogas. Él era un hombre y ella una mujer, y cuando él la tocaba... Pero no, no debía pensar en ello.

–Mi hermano ha hecho varias reformas desde que está en el poder –dijo Jay–. Una de las cuales es que todo niño reciba una buena educación. Dice que es la mejor inversión, puesto que los niños son el futuro no sólo de nuestra ciudad, sino de India.

Habían llegado al bazar, y Keira se quedó inmóvil respirando aromas y viendo los colores que la envolvían.

Colgaban sedas de colores a la puerta de una tienda, y un joyero estaba abriendo las contraventanas de un escaparate para que se pudiera ver la mercadería que vendía. Un herbolario perfumaba el aire. Y la risa de niños alegraba la fiesta para los sentidos.

Varias horas más tarde, cuando estaban en la tienda de un comerciante de telas, Keira pensó que

Jay tenía buenos contactos. El comerciante le había dicho que tenía unos primos que eran los dueños de una fábrica de un pequeño pueblo, al sureste de la ciudad, que era famoso por el algodón.

El hombre tenía diseños en un libro de patrones donde se veían distintos motivos que se habían originado en el siglo XVIII, y otros patrones con telas diversas.

La nuera del comerciante apareció con una bandeja de té desde la trastienda. Dos niños pequeños colgaban de su traje. La niña más pequeña estaba aprendiendo a caminar, y cuando perdió el equilibrio, Keira reaccionó inmediatamente sujetándola en sus brazos.

¿Había algo más maravilloso que tener a un niño en brazos?, pensó.

Ella jamás tendría hijos propios.

Jay miró a Keira con la nieta del comerciante, y al ver su mirada se preguntó qué la habría causado.

¿Por qué le despertaba tanta curiosidad? Ella no significaba nada para él.

El comerciante le estaba diciendo a Keira que, si ella le dejaba algunos dibujos y detalles de lo que quería, él podía conseguir algunos patrones de muestra para ella. Keira entregó a la pequeña nuevamente a su madre y agarró su bloc y sus muestras, seleccionando colores y modelos en las combinaciones que creía que necesitaría. Su forma de moverse era muy profesional.

Tenía facilidad para comunicarse con la gente,

observó Jay. Ella respetaba su profesionalismo, y él notó que ellos a su vez la respetaban a ella. Era importante para él que aquello no fuera sólo un éxito, sino que adquiriese un estatus casi icónico como líder en su campo. Su herencia y su sangre le exigían eso, tanto como su naturaleza y su orgullo.

Jay sabía que muchos lo envidiaban y se alegrarían de su fracaso. Pero él no lo iba a permitir. Él no perdía nunca, en nada.

Y aquella mujer lo iba a aprender del mismo modo que lo habían aprendido sus rivales.

No obstante, aunque personalmente Keira lo irritaba, profesionalmente no tenía nada que reprocharle. Realmente estaba creando una imagen para las propiedades que era realmente cosmopolita y al mismo tiempo muy de la India. Sus ideas cobraban cuerpo cuando hablaba con los suministradores y comerciantes, sus pequeños dedos tocaban telas y pintura, y su mente se apropiaba de ideas y las trasladaba a aquéllos con los que trataba.

Profesionalmente ella era, como había dicho Sayeed, perfecta.

Keira agradeció al comerciante de telas por su ayuda y se levantó del cojín donde se había sentado mientras hablaban. Lo había hecho con un solo movimiento, algo que había aprendido de Shalini, y había rechazado la mano que le había tendido Jay para ayudarla.

Ella no había querido ningún contacto con él.

Jay se iba al día siguiente, se recordó ella, y ella estaría trabajando tanto que no tendría tiempo de pensar en él, y menos en su vulnerabilidad hacia él.

Había anochecido mientras estaban en la tienda y la calle ahora estaba iluminada con hermosas lámparas de cristal. La calle se abría en una plaza donde grupos de hombres estaban sentados a una mesa fumando en pipas de agua, los colores de sus turbantes brillaban bajo la luz de las lámparas.

Un grupo de bailarinas con trajes tradicionales, seguidas de músicos, se balanceaban en la plaza, rumbo a uno de los restaurantes donde iban a bailar para los comensales, imaginó Keira.

El aire estaba cargado de perfume, colores y sonidos de India.

Jay se había detenido a hablar con un hombre de traje, y mientras ellos hablaban, Keira vio una tienda de antigüedades, y se dirigió hacia ella.

Un chico alto, un adolescente de ojos oscuros, estaba cuidando la tienda de otra persona, y le dio la bienvenida tímidamente. La miró con curiosidad, pero Keira no se sintió ofendida, porque suponía que no estaba acostumbrado a ver mujeres occidentales.

Keira curioseó por la tienda, y cuando ya estaba a punto de irse descubrió una caja llena de fotos en blanco y negro.

Keira regateó el precio varias veces.

—Es buen precio —dijo finalmente el chico—. Porque me cae bien. Usted es muy guapa. ¿Está de vacaciones aquí? ¿Tiene novio? —preguntó el chico.

Keira no había estado preparada para aquello.

—Quizás debería volver más tarde —empezó a decir Keira, pero para su consternación el chico le agarró el brazo.

–No, por favor, quédese –le rogó el chico–. Le regalo las fotos si le gustan.

Keira no sabía qué hacer.

En aquel momento apareció Jay y un hombre que parecía el padre del muchacho.

–¿Qué sucede? –preguntó Jay.

–Quería comprar estas fotos, simplemente –dijo Keira, sin querer causar problemas al chico.

Rápidamente Jay terminó la compra y salió con ella a la calle.

Keira notó que estaba enfadado, pero no estaba preparada para la tormenta que siguió a aquello.

–No puedes resistirlo, ¿no? –le dijo él–. Ni siquiera con un chico que casi está en pañales. La forma en que estabas coqueteando con él era...

–No estaba coqueteando con él –se defendió ella.

–Por supuesto que sí. Como... –Jay se calló.

Pero Keira sabía lo que había estado a punto de decir. «Como había coqueteado con él».

–Yo espero una actitud profesional de la gente que trabaja para mí –dijo él.

–Yo tuve una actitud profesional –insistió Keira.

–Sí, y estaba claro qué profesión representabas.

Keira sintió náuseas. Sabía de qué la estaba acusando, y a qué profesión aludía: a la profesión más vieja del mundo.

–Yo sólo quería comprar las fotos... –exclamó Keira, ferozmente.

Las palabras de su madre, como una maldición, la perseguían toda la vida y la hacían acobardarse.

El presente se le escapó, y la dejó con el dolor y la vulnerabilidad del pasado.

Se puso pálida. Aquello tomó a Jay por sorpresa.

Lo había mirado como si él quisiera destruirla. Mirándolo y a la vez sin mirarlo, como si no estuviera allí.

Él jamás había visto una expresión de angustia tan terrible.

Jay dio un paso hacia ella, pero ella se dio la vuelta inmediatamente y subió la escalera corriendo.

Él se quedó con un sentimiento de culpa mezclado con rabia. Pero no podía ir tras ella. Era una cuestión de honor.

Capítulo 6

KEIRA trabajó incansablemente desde que cerró la puerta del ala de invitados, concentrándose en su trabajo para no tener tiempo de pensar en otra cosa.

Pero no podía olvidar las acusaciones de Jay.

Al lado de su ordenador portátil había imágenes de habitaciones con paredes pintadas tradicionalmente en diferentes tonos de blanco. En la habitación principal había optado por muebles modernos en color negro, cromo y madera natural, y había resaltado las habitaciones con telas en colores vivos. La moderna iluminación y el uso de espejos agrandarían los espacios más pequeños y resaltarían sus características.

Era el más complejo borrador que había hecho en tan poco tiempo.

Eran las tres de la mañana, ella debía irse a dormir, pero sabía que no podría descansar. No estaba relajada.

Afuera el patio y el jardín estaban bañados por la luz de la luna.

Keira se puso de pie y abrió la puerta que conducía al jardín.

El aire de la noche estaba levemente cálido, sin el calor que se respiraba en pleno verano.

Un camino de mosaico conducía a un estanque en el centro del jardín. Y Keira se detuvo a mirarlo más de cerca.

Jay no podía dormir.

Se destapó y se levantó.

Debía haber seguido su instinto y traer a otro diseñador, preferiblemente un hombre.

Caminó hacia la ventana en forma de arco y la abrió para que entrase el aire fresco.

Más allá de las ventanas estaban las habitaciones de la suite que había pertenecido al maharajá, para quien se había construido aquel palacio originalmente.

Aquél era el único lugar desde el que no sólo podía ver su jardín privado, sino las habitaciones que habían pertenecido a las mujeres. Naturalmente sólo el maharajá había tenido el privilegio de admirar la belleza de sus esposas y concubinas. Si lo hubiera hecho cualquier otro hombre habría sido una ofensa que en aquellos tiempos se habría pagado con los ojos y hasta con la vida.

Ahora ningún hombre moderno pensaría que mirar la cara de una mujer con la que estuviera el maharajá sería un delito. Una mujer era un ser humano de igual estatus, no una posesión, la sola idea era impensable, y sin embargo, dentro de cada hombre había una feroz necesidad de tener para sí a la mujer que deseaba, e igual rabia cuando esa necesidad era insatisfecha.

Le había sucedido algo a él cuando había visto a Keira sonreír al muchacho del bazar.

Pero era ridículo. Ella no significaba nada para él.

Sólo porque lo hubiera excitado físicamente...

Salió al balcón, y al notar un movimiento en el patio de las mujeres frunció el ceño.

¿Qué diablos estaba haciendo ella allí, a las tres de la mañana?

¿Y por qué se estaba agachando en el suelo?

A veces aparecían serpientes en aquellos jardines.

Jay se puso ropa interior y un vaquero y caminó por el suelo de cerámica aún tibio del sol del día. Con paso decidido bajó a los patios.

Pero cuando abrió la puerta que comunicaba su patio con el jardín de las mujeres se dio cuenta de que lo que lo había llevado hasta allí había sido un sentimiento protector masculino, que ni siquiera sabía que poseía hasta entonces.

Y lo más sorprendente era que había sido Keira quien lo había activado.

La imagen de Jay caminando hacia ella entre sombras fue tan inesperada que la dejó en estado de shock por unos segundos, antes de que se pusiera de pie.

—¿Qué estás haciendo?

—Quería ver de cerca el modelo de estas baldosas —contestó ella señalando las baldosas del estrecho sendero—. Y si has venido a preguntarme si he terminado con los borradores, la respuesta es «sí». Estarán en tu escritorio antes de que te marches mañana.

Él notó su tono defensivo. Cuando Jay salió de entre las sombras ella lo miró.

Al ver su torso desnudo se le hizo un nudo en la garganta.

Debía de haber estado en la cama.

¿Desnudo?, se preguntó ella.

¿Por qué ella pensaba en algo así?

Pero algo le decía que Jay no era el tipo de hombre que anduviera paseándose relajadamente desnudo.

–Si están listos, preferiría que me los des ahora –dijo él.

–Pensaba mejorarlos un poco.

–No hace falta. Se entiende que son borradores. Si me los das ahora, tendré más tiempo para pensar sobre ellos. Iré contigo y los recogeré.

Keira deseó no haber dicho nada sobre los borradores. Había querido echarles un último vistazo antes de dárselos, pero si no dejaba que él se los llevase en aquel momento, Jay pensaría que ella le estaba mintiendo y que no estaban terminados.

–Muy bien –dijo ella.

Cuando llegaron a la habitación, Jay quiso abrir la puerta, y en el movimiento se encontró con el brazo de Keira, que había hecho lo mismo, y se tocaron.

Ella sintió el calor de su carne tibia y el perfume de su piel.

Ella podría haberse apartado, y debía haberlo

hecho. Pero en cambio lo miró. Y él clavó sus ojos en ella.

Una peligrosa tensión alargó el silencio entre ellos. Los dedos de ella se arquearon en su brazo, y su respiración se estremeció. Tuvo una sensación de peligro, y sus sentidos acusaron el golpe de aquella sensación eléctrica.

Bruscamente, ella quitó la mano de su brazo, pero fue demasiado tarde.

Sin saber que lo había hecho, ella se acercó más a él, como en una silenciosa invitación. Y él respondió a aquella invitación con un beso.

Ella había pensado que la gente sólo se besaba así en las películas, brevemente, probando, saboreando. Eran dos personas que no querían entregarse a su deseo, pero de pronto se vieron asaltados por él cuando sus labios se encontraron. Y en aquel momento se vieron arrastrados por el abrumador deseo que parecía no acabarse, haciendo que sus cuerpos, sus bocas y sus manos se fundieran.

Era como estar poseída por una fuerza universal que no se podía controlar, pensó Keira, mareada, con los labios aún aferrados a los de Jay.

Él tenía su cabeza sujeta con una mano, y mientras tanto su lengua estaba apoderándose de su boca.

Cada vez que tenían un episodio en el que compartían cierta intimidad, el deseo se acrecentaba en ella. Como si le hubieran echado una maldición para poner a prueba su resistencia.

Ella intentó apartarse. Pero en aquel momento él le tocó el pecho, y ella no pudo hacerlo, porque él le agarró el pezón.

Keira sabía que había sido su propia reacción lo que había provocado el movimiento de sus dedos hacia su pezón.

Era como sentirse poseída por dos fuerzas opuestas. Una de ellas la alzaba hasta lo alto de la excitación sexual y el deseo, y la otra, la bajaba hasta el lugar donde se agazapaban los demonios de su infancia. Y entre ambos la desgarraban y la destruían.

Ella debía detener aquello. Pero no podía.

Jay le estaba besando el cuello, estremeciéndola y excitándola. Ella se oyó gemir mientras su cuerpo se derretía, haciéndole saber a él que lo deseaba y que deseaba que la poseyera.

Él estaba excitado, y ella lo notó. Automáticamente ella bajó la mano para tocarlo, guiada por la naturaleza, quien dirigía sus movimientos, de manera que sus dedos acariciaron su erección.

Él gimió y mordió sus labios suavemente. Y si aquello no hubiera sido suficiente para derretirla, sus manos la apretaron contra él arqueándose sobre su trasero.

Ella estaba perdida, pensó Keira. No había vuelta atrás.

A la luz de la luna ella podía ver la mano de Jay sobre su blusa. Como si aquello ocurriese en cámara lenta, ella lo vio bajarla y dejar su pecho al descubierto. El corazón de Keira se agitó y ella deseó que él no parase, y que se diera prisa, porque su deseo no podía aguantar más.

Como si él hubiera intuido aquel deseo, Jay bajó la cabeza y tomó uno de sus pezones con la boca. Ella se convulsionó de placer y deseo.

Ella era suya.

Jay notó cómo su cuerpo se abría para él, podía imaginar cómo se cerraría para poseerlo y cómo llegaría al orgasmo y lo llevaría a él al suyo.

El solo pensamiento lo excitó más.

La mano de Jay se deslizó hacia la cremallera de sus vaqueros. Él la deseaba tanto, estaba tan fuera de control por el deseo por ella, que dudaba que tuviera tiempo de llegar a la cama. No le importaba nada más.

Pero ¿qué le pasaba? Él jamás se permitía estar fuera de control. Ni tenía una relación sexual sin protección.

Y había estado a punto de tenerla.

Al principio, cuando Jay la apartó, Keira no comprendió lo que había pasado. Había gemido como protesta, con los ojos llenos de deseo, hasta que había vuelto a la realidad, ayudada por el gesto duro de Jay y su actitud fría.

Él se apartó de ella y se marchó.

Ella sintió nuevamente aquella sensación tan familiar: vergüenza.

Keira se tambaleó.

Luego se duchó a oscuras, puesto que no pudo soportar ver su cuerpo. Su madre y su tía abuela habían tenido razón acerca de ella.

Se quedó en la cama una hora, y al ver que no podía dormir se levantó y encendió el ordenador portátil. Pero aquella vez su trabajo no le dio el necesario sosiego, haciendo que se olvidase de todo.

En su lugar, la asaltaron imágenes de Jay, su cara, sus manos.

Y casi de madrugada se durmió, agotada y turbada.

Poco más tarde de las seis de la mañana Jay estaba tomando su té habitual, después de haberse duchado y vestido.

El sol de la mañana bañaba todo de dorado.

Él admiraba la belleza de la ciudad, pero no podía sentirse totalmente parte de ella, pensó. Su autoimpuesto exilio había ensanchado su horizonte. La ciudad tendría siempre para él un lugar especial en su corazón, pero él no envidiaba a su hermano mayor, ni en su posición ni en su herencia. Su estatus de segundo hijo, «hijo de segunda», como le había llamado muchas veces la querida de su padre, suponía una libertad que su hermano Rao jamás tendría.

Muchas familias querían casarlo con sus hijas, pero a diferencia de Rao, él no tenía que casarse y dar un sucesor. Él era libre de permanecer soltero, y eso era lo que quería.

Debía marcharse en su helicóptero en una hora, para tomar su jet particular rumbo a Mumbai.

En la mesa frente a él tenía los planos de Keira. Había pedido a un sirviente que fuera a buscarlos a su habitación. Había un par de cosas que quería discutir con ella antes de marcharse, pero la excelencia de lo que ella había hecho lo había tomado por sorpresa.

Como su falta de control y su reacción hacia ella la noche anterior.

Tal vez no hubiera perdido totalmente el control, pero casi lo había hecho.

El patio que la noche anterior había albergado aquella pasión, hoy se veía tranquilo. Había sido una pasión instigada por ella, cuando se había acercado más a él. Tal vez. Pero era una invitación que él podría haber rechazado.

La puerta de la habitación de Keira se abrió fácilmente. Se podía oír el susurro de su ordenador, y oler el perfume de su sueño y de su piel. Desde la puerta él podía ver su cama, y Keira en ella, obviamente dormida todavía.

Jay se dio la vuelta para marcharse, pero una fuerza invisible lo hizo volver y caminar hacia ella.

Keira estaba durmiendo de lado, vestida con un pijama con un diseño más apropiado para una niña que para una mujer, y él notó los rastros de sus lágrimas secas en su rostro, debajo del maquillaje.

¿Había estado llorando?

¿Por su causa?

Jay sintió una tensión de emoción, como si se hubiera roto algo dentro de él para revelar algo más sensible y puro, algo que él no se atrevía a sentir.

¿Qué era?

¿Compasión? ¿Pena? ¿Arrepentimiento?

¿Por qué tenía que sentir pena él por su vulnerabilidad y sus lágrimas?

Enfadado consigo mismo, Jay se alejó de la cama y se marchó tan silenciosamente como había ido.

Las mujeres usaban sus lágrimas del mismo

modo que usaban sus cuerpos: para conseguir lo que querían.

Y él no iba dejarse engañar por aquellas tácticas.

Jay se había ido y ella estaba a salvo.

Sin su presencia ella no se sentiría tentada como la noche anterior.

Pero Jay volvería y cuando lo hiciera...

Cuando volviera sería diferente. Ella encontraría el modo de protegerse.

Pero no podía huir.

Su contrato la ataba a él, y ella no podía permitirse perder el dinero que aquel trabajo le daría, ni infringir el contrato.

Capítulo 7

HACÍA tres días que Keira no veía a Jay. Tres días en los que había tenido tiempo para concentrarse en su trabajo.

Era un alivio no tenerlo cerca. Así estaba protegida de sí misma.

¿Era así como se había sentido su madre con aquel hombre casado del que un día le había dicho que era su padre, cuyo abandono la había empujado a los brazos de otros hombres?

¡Pero su madre le había contado tantas historias diferentes según su estado de ánimo y su necesidad de las drogas de las que dependía!

Keira apartó su ordenador con un movimiento brusco.

Ella no era su madre. Ella era ella misma, un individuo que tenía el poder de elegir lo que hacía. Ningún hombre podía hacerla elegir desearlo contra su voluntad.

Ningún hombre...

Pero ¿y sus propias emociones?

Lo que Jay había despertado en ella no tenía nada que ver con las emociones. Su deseo por él había sido sexual. Eso era todo. Nada más.

Pero eso era imposible.

¿Tan imposible como el deseo que había sentido por él?

Sintió pánico.

Se levantó y caminó hacia la ventana. Al ver el patio recordó la noche anterior...

Tenía una cita con el comerciante de telas en media hora, quien la había llamado para decirle que habían llegado las muestras. Se había ofrecido a llevarlas al palacio, pero Keira le había dicho que iría a buscarlas.

Estaba enamorada de aquella ciudad, y aprovechaba cualquier excusa para caminar por ella. Se sentía tan en casa allí, tan en paz, de no ser por la amenaza del regreso de Jay...

Le encantaban las calles estrechas de la ciudad, más que los palacios, y se sentía embriagada por sus olores y colores.

El sonido de campanas mezclado con risas de los niños se unía a los gritos de los comerciantes ofreciendo su mercadería.

Como sabía que tenía tiempo, Keira dio una vuelta por el bazar antes de ir a su destino.

El bazar era famoso por la venta de rosas, almendras y azafrán. En el mercado de las flores los vendedores estaban ofreciendo flores a la gente que iba a los templos, y en la zona de los joyeros del bazar, Keira tuvo que hacer un esfuerzo para no entretenerse a mirar sus obras de arte.

Aquéllos eran los sonidos y escenas de la vida de Jay, el lugar donde había nacido, el lugar donde su familia había gobernado durante generaciones.

Jay no era sólo un empresario rico, sino un miembro de una de las familias reales de India. Su hermano era el maharajá.

No era de extrañar que él pensara que todo el mundo debía obedecerle.

Pero no era su poder real lo que ella temía.

Sino su magnetismo sexual. Su sensualidad...

El comerciante la saludó con gran ceremonia, y cuando extendió las telas en el suelo, Keira se sintió fascinada.

Estudió las muestras, que estaban totalmente a tono con sus ideas, puesto que combinaban la tradición con un cierto estilo moderno.

–Mi primo quiere invitarla a visitar su fábrica para que pueda ver un poco mejor su trabajo –le dijo el comerciante.

–¿Ir a su pueblo? Oh, me encantaría... –dijo ella.

–Mi primo tiene un nuevo diseñador, un hombre de su país. Y quiere que usted lo conozca para que se ponga de acuerdo sobre lo que usted quiere.

Cuando terminó la visita, Keira acordó ir a ver al primo del hombre. Pediría a los criados de Jay que pusieran un coche a su disposición y un chófer para que la llevaran a la fábrica de telas.

Si cuando volvía Jay ella tenía verdaderas muestras de las telas, él sabría que ella había estado muy ocupada como para pensar en él, pensó.

Se quedó pensando... Era India lo que despertaba sus sentidos, sus olores, sus colores, su poder sensual...

No era Jay lo que derrumbaba sus defensas.

Mumbai era una ciudad cosmopolita, cargada de actividades sociales y de trabajo, pensó Jay.

Aquella noche iba a cenar con un empresario,

un hindú de cincuenta y pocos años, que había ido al colegio en Inglaterra y que luego había vuelto a India a ocuparse de los negocios de su familia en Mumbai. Entre los invitados había una actriz de Bollywood que trataba de atraer el interés de Jay.

Era muy guapa y sensual, pero por algún motivo, no despertaba sus sentidos.

Su cuerpo sólo quería las manos de Keira...

Pero ¿qué tontería era ésa? Una mujer podía reemplazarse con otra, había pensado siempre.

Jay se movió, inquieto, indiferente a la decepción de su acompañante cuando ésta se dio cuenta de que él no tenía interés.

Había una sola razón por la que podía ser que Keira se entrometiera en sus pensamientos. Y ésta era que él no había satisfecho su deseo por ella.

De ser así, ya se habría olvidado de ella.

Keira...

A su mente acudieron imágenes de sus ojos ardientes de deseo por él, gemidos acallados...

Jay se excitó al recordarla. Él había sido un tonto en no aceptar lo que había tenido al alcance. Ella debía de haber tenido preservativos a mano. Las mujeres como ella estaban siempre preparadas.

La actriz de Bollywood había insistido en darle el número de su teléfono móvil. Pero a él lo tenían aburrido las mujeres que dejaban tan claro que querían sexo. No era de extrañar su celibato de los últimos meses, pensó.

¿No sería ese mismo celibato el que había encendido su deseo por Keira?

Keira. Su mente volvió a ella. Y su cuerpo ardió al recordarla.

Jay se destapó, agarró los documentos que tenía en la mesilla y caminó desnudo hasta el escritorio. Se puso una bata y encendió el ordenador.

Y procedió a hacer lo que podía hacer para quitar a Keira de sus pensamientos: enfrascarse en su trabajo.

–Oh, me encanta este tul –dijo Keira mirando la tela que tenía enfrente.

–Lo he diseñado yo mismo –dijo Alex Jardine con una sonrisa–. Tenía unos rollos originales de tela de tul que encontré en un mercado de antigüedades de Francia hace años, y cuando vine aquí y se los mostré a Arjun, y le expliqué lo que quería hacer, él consiguió un artesano para que copiase los rodillos para crear el tul. Es uno de los cuatro diseños con los que estamos experimentando, dos diseños tradicionales, de los cuales éste es uno, y dos diseños contemporáneos.

Keira asintió, fascinada por los diseños.

–Estamos experimentando con diseños al carbón, para envejecer el tul moderno, y darle un aspecto más antiguo.

Desde el momento en que Keira había entrado en la fábrica de telas había sentido como si hubiera entrado en su propia cueva de Aladino. Había piezas de todos los colores imaginables desde el suelo hasta el techo. Sus sentidos no daban abasto con todo lo que encontraba.

Y aquello se complementaba con una persona muy en su onda, como Alex.

Al principio se había sentido un poco intimidada por él. Era alto y de cabello rizado hasta los hombros. Iba vestido con unos pantalones de lino blancos y una camisa de lino holgada, e iba descalzo. Su voz era un poco lánguida con un cierto acento de clase alta de Londres, y a Keira le había dado la impresión de que era una especie de falso hippie.

Pero luego le había mostrado sus telas, a las que trataba con la ternura de un padre, y su voz se había suavizado al explicarle que quería mantener sus diseños fieles a la tradición pero creando algo nuevo y único que aún fuera India. Y Keira se había sentido cautivada.

—Yo espero que podamos diseñar algo con un cierto toque de Bollywood, pero Arjun cree que estoy demasiado seguro de mí mismo —Alex se rió sonriendo al dueño de la fábrica.

—Me encanta lo que estás haciendo —le dijo Keira—. Y si dependiera de mí, te compraría todo, pero no tengo la autoridad.

—Podemos darte muestras para que se las muestres a Su Alteza el Príncipe Jayesh —dijo el dueño de la fábrica.

—Arjun no te dejará marchar hasta que no te vayas cargada de muestras —le advirtió Alex con una sonrisa, y extendió la mano para quitarle una hilacha de algodón que se había pegado a la manga de la blusa de ella mientras el dueño de la fábrica iba a buscar más muestras.

Keira sonrió, sin darse cuenta de que Jay acababa de entrar y los estaba observando con ojos de hielo.

Fue Alex quien lo vio primero y notó la mirada de Jay mientras iba hacia ellos.

–Hay un hombre muy enfadado que viene en esta dirección –dijo Alex–. Y da la impresión de que piensa que he traspasado una propiedad privada.

–¿Qué? –Keira, confusa, giró la cabeza.

Y entonces comprendió. Sintió un nudo en la garganta.

Jay llevaba un traje de lino a pesar del calor que hacía en la fábrica. Tenía una incipiente barba que oscurecía su mandíbula y le daba un aspecto más peligroso aún. Y que tocaba su femineidad directamente, muy íntimamente.

Ella sintió un cosquilleo, como si hubiera bebido champán.

¡Jay allí! ¡Qué extraña coincidencia que él tuviera negocios allí!, pensó ella.

Aunque no parecía muy contento de haberla encontrado a ella allí.

–Jay –lo saludó débilmente–. Has vuelto antes de Mumbai. Me alegro de que estés aquí. Acabo de ver las telas más maravillosas del mundo. Te van a encantar, lo sé... –comentó ella sin poder parar, mientras le mostraba algunas de las muestras.

Jay estaba inmóvil. No había hablado ni se había movido.

–Tienes que conocer a Alex –siguió Keira–. Tiene unas ideas maravillosas...

Se calló al notar que la tensión aumentaba claramente.

Jay miró a Alex y a Keira.

—Arjun tiene todas las muestras sobre las que hemos hablado Keira y yo —dijo Alex relajadamente—. Pero es mejor que las vea usted mismo, ya que como Keira sabe, estoy abierto a cualquier sugerencia que ella quiera darme. La próxima vez que vengas, Keira, haré una reserva en ese hotel del que te he hablado, y podemos cenar —le dijo Alex, sonriendo a Keira—. Entonces tendré más tiempo para mostrarte lo que hago.

Cuando Alex le guiñó el ojo y le sonrió pícaramente, Keira no pudo evitar reírse. Alex era muy bromista, pero inofensivo, y a ella no le importaba su coqueteo social, pues sabía que no tenía importancia alguna más que hacer más fluida la relación comercial.

A ella le habría gustado quedarse más tiempo, compartir con Jay su entusiasmo y excitación por lo que había visto, pero él estaba dejando muy claro que no estaba de humor para ver telas y claramente estaba esperando marcharse. Y también estaba dejando muy claro que esperaba que ella se fuera con él. Al parecer había terminado su propio negocio.

Así que Keira le agradeció a Arjun y salió de la fábrica con Jay, mientras dos muchachos le llevaban las muestras al coche y se las daban al chófer.

No obstante, cuando Keira fue hacia el coche donde la esperaba el chófer, Jay la detuvo.

—Vas a volver conmigo —le dijo él bruscamente.

Ella podría haberse opuesto, dadas sus formas

dictatoriales. Pero por alguna razón se quedó en silencio.

Jay la hizo subir al coche y cerró la puerta de un golpe.

Era tarde y la ciudad estaba llena de tráfico.

Keira no se atrevió a hablar para no distraer a Jay de la conducción.

Más tarde, no se atrevió a hablarle tampoco, a pesar de la opresiva atmósfera que provocaba el silencio.

En un momento dado ella vio un grupo de camellos listos para ser montados y no pudo evitar exclamar, fascinada.

−¿Lo has visto? −preguntó, entusiasmada.

−Por supuesto −contestó Jay.

Por supuesto que lo habría visto. Aquél era su país, se recordó Keira. Su forma de comportarse era tan europea que se le olvidaba por momentos.

Era increíble, pero cuando estaba en presencia de Jay se volvía insegura. Hasta que había aparecido él había sido una mujer de negocios, profesional y segura, pero desde que había aparecido él había perdido el aplomo.

Él la hacía sentir vulnerable, insegura.

Ella quería rechazar la atracción que él tenía sobre sus sentidos, pero no podía.

Era como una luciérnaga que se acerca a una luz que sabe que la quemará.

Las luces de la ciudad rompían el vacío de la llanura mientras iban en el coche.

Jay seguía luchando consigo mismo para justificar la intensa e inusual reacción que había tenido al enterarse de que Keira no estaba en el palacio cuando él había llegado.

Él había esperado automáticamente que ella estuviera allí, y al saber que no estaba se había puesto furioso. Pero aquello podía haberse explicado por el desafío sexual que representaba ella. Lo que no podía explicar era el sentimiento de vacío y soledad del edificio sin ella.

En definitiva, lo había enfurecido regresar y que ella no estuviera. Y más lo había enfurecido admitir su reacción a su ausencia.

¿Por qué le causaba la ausencia de una mujer, una mujer que apenas conocía, aquella sensación tan intensa que lo había hecho ir en su busca?

No era lógico.

Y era menos aceptable.

Él se había considerado un hombre capaz de controlar sus emociones. ¿Por qué ahora le pasaba aquello?

Por supuesto se alegraba de sus éxitos, pero no necesitaba gritarlos al mundo entero. No necesitaba ridículas demostraciones públicas de poder o consumo.

Lo que le había sucedido hoy peligraba con desafiar todo en lo que había creído de sí mismo hasta aquel día.

Lo que podía significar aquello era demasiado. No era la intimidad que había presenciado entre Keira y su compatriota lo que le había afectado. Más bien era su enfado por el comportamiento de ella y el efecto que podría tener éste en su reputación en los negocios lo que le había molestado.

Los hindúes daban gran importancia al comportamiento moral, y él no quería que la reputación de sus negocios se viera afectada por los coqueteos de Keira y su comportamiento poco profesional.

Ésa era la causa de su rabia. Era lógico. No tenía nada que ver con sus celos, se dijo.

Ellos habían llegado al aparcamiento. Sin decir una palabra a Keira, Jay paró el coche, se bajó y luego le abrió la puerta.

Llegaron al palacio antes de que Keira encontrase el coraje de romper el silencio que Jay había impuesto.

–Será mejor que vaya a darle las gracias al chófer y a buscar las muestras –dijo ella cuando reunió el valor.

–Espera –dijo Jay–. Hay algo de lo que quiero hablar contigo primero. Iremos a mi despacho –le hizo señas hacia la escalera.

Una vez que estuvieron en el despacho, Jay cerró la puerta bruscamente.

Keira estaba segura de que lo que él querría decirle no era algo que a ella le apeteciera oír.

Keira podía adivinar la tormenta que se avecinaba.

Cuando Jay habló, sus palabras fueron como un relámpago en el silencio.

–No tenías por qué irte tan lejos de la ciudad sin avisarme de tus planes de antemano.

–No estabas aquí y...

–¿Y no podías esperar?

Keira se sintió sin aire para respirar, abrumada por la furia de Jay.

–Tú has sido quien me ha presentado al comerciante de telas para que pudiera conseguir muestras –le recordó ella.

–El comerciante, sí. Pero no te he sugerido que tú, una mujer sola, viajes sin que te escolte nadie, y que allí...

–Yo no fui sin escolta. Estaba mi chófer. Fui allí por negocios, para...

–¿Para coquetear con un compatriota tuyo?

–¡No!

–Sí. Puesto que eso era lo que estabas haciendo cuando yo te he visto.

–¿Qué? ¡Eso es ridículo! –se defendió Keira.

–Pero tú sabías que él estaría allí, ¿verdad?

–Sí, bueno, pero...

–Y en cuanto lo supiste, decidiste ir y echarle un vistazo, ¿no?

–¡No! Esto es una locura. Fue el comerciante de telas quien sugirió que conociera al diseñador y viera su trabajo yo misma.

–¿Sí? ¿O fue idea tuya? ¿Era su trabajo lo que querías ver tú misma o a él mismo? Un europeo...

Lo que Jay estaba insinuando era un insulto, pensó Keira, enfadada.

–Fui a ver telas, telas hindúes. No a un hombre europeo, ni a ningún hombre –le dijo Keira, furiosa–. No estoy interesada en ver hombres.

Jay le dedicó una mirada de acero.

–¿No? Ésa no es la impresión que me da a mí. Estabas coqueteando con él, no puedes negarlo...

–Sí, puedo negarlo, y lo niego.

Jay insistió.

–Admítelo. Ibas a por él. Y no se puede decir

que él se opusiera... Quería llevarte a la cama, eso es obvio.

—Eso no es verdad, y yo no iba a por él. Simplemente queríamos ser amables. La buena educación es muy valorada en India, algo que se les enseña a los niños desde pequeños. Creí que lo sabías.

Hubo un silencio.

—Así que mantienes que sólo querías ser amable, ¿no?

—Sí.

—¿Ofreciéndote a él?

—Eso no es lo que yo estaba haciendo.

—Sí lo estabas haciendo. Como te has ofrecido a mí desde que nos conocimos.

—¡Eso no es verdad!

Keira no aguantaba más. Tenía que marcharse de aquella habitación.

Agitó la cabeza y fue hacia la puerta. Pero Jay se le adelantó, y se lo impidió poniéndose delante.

Sus cuerpos se chocaron. Ella podía sentir su aliento en su piel y sus dedos en sus brazos.

Su única forma de escapar era cerrar los ojos y negarse a las sensaciones.

Pero era demasiado tarde.

Jay la acorraló contra la pared y la besó.

Ella intentó resistirse, pero su cuerpo la traicionaba.

¿Cómo podía desear una intimidad tan humillante?

¿Cómo era posible que no rechazara aquella ola de calor sensual que la envolvía abocándola a la lascivia?

No lo sabía.

Sus propios brazos rodearon a Jay, sus pechos se pusieron alertas al roce de su cuerpo contra el de él. Y ella en su mente imaginó aquellas manos cubriendo su desnudez, jugando con sus pezones, e imaginó también su boca jugando con ellos.

Keira se estremeció violentamente al imaginar aquello.

Pero la ola de deseo no hizo más que aumentar cuando Jay la apretó más contra él y la acarició. Su piel blanca tembló bajo sus manos, y sus pezones se estremecieron al tacto de sus dedos. Y Keira se derritió de deseo.

Ella no podía aguantar que hubiera ninguna barrera entre ellos. Ella quería las manos de Jay en su cuerpo. Quería la libertad de acariciar su cuerpo masculino. Quería tocarlo y saborearlo. Y deseaba que él la hiciera suya.

Una especie de locura llenaba su sangre, y en su mente se agolpaban imágenes eróticas de ellos, haciendo que su cuerpo se muriese de deseo por él.

Él estaba duro y erecto, tan excitado como ella. Ella sentía la humedad entre sus piernas, y el feroz latido que la acompañaba. Deseaba desesperadamente que él la tocase, que la acariciara allí.

Un pequeño gemido se escapó de su boca, seguido de un estremecimiento al notar que él le había leído el pensamiento. La mano de Jay se deslizó de su pecho a su vientre, y desde allí bajó hasta su muslo, deslizándose por debajo de su falda, y por el borde de sus braguitas de seda.

Él la besó al mismo tiempo que la acariciaba.

Penetró su boca con su lengua posesivamente, mientras la punta de sus dedos acariciaban su clítoris húmedo. Aquella humedad decía más que muchas palabras, y ella se dio cuenta de que él se estaba refrenando.

Ella estaba lista, deseosa.

Pero en lugar de ir más lejos, la boca de Jay dejó de besarla, y se deslizó por su mejilla hacia su oído.

Keira no sabía qué era lo que más deseaba... Lo que estaba haciendo o lo que había estado haciendo. El susurro de sus labios contra su piel... La estaba volviendo loca.

Él no era inmune a la reacción que estaba provocando en ella, por el modo en que estaba sujetando sus caderas y apretándola contra su cuerpo, notó Keira con satisfacción femenina.

Ahora le tocaba a ella gemir con deleite mientras la mano de Jay volvía a deslizarse hacia arriba y a agarrarle el pecho. La sensación de su pulgar frotando su tenso pezón la hizo gemir más fuerte.

Ella tuvo que morderse el labio para reprimirse el rogarle que le quitase la blusa para que él mirase sus pechos y los tocase con la mano y con la boca.

Ella tensó sus músculos y apretó las piernas cuando sintió un estallido de placer en su interior.

Él se dio cuenta de lo que le estaba sucediéndole a ella y se aferró a sus caderas y sus dedos la acariciaron rítmicamente. Ella estaba apoyada contra la pared, mientras Jay le acariciaba cada centímetro de piel, haciéndola estremecer de los pies a la cabeza.

¿Era aquello algo que él había aprendido del *Kama Sutra*?

Cuando él le agarró la mano y la llevó a su propio cuerpo, ella casi lloró de placer. Él estaba excitado, duro, magnífico. Keira cerró los ojos para disfrutar de la sensación.

Sintió un deseo irreprimible por él, por tenerlo dentro.

Ella no había sabido que podía haber un deseo tan intenso, un deseo que la incendiaba.

Sin duda si Jay hubiera sabido lo que sentía habría supuesto que ella había sentido aquello antes.

¿Cuántas mujeres habría tenido él?

Aquel pensamiento le dio una punzada de celos, e hizo que su cuerpo se pusiera rígido, tratando de rechazar lo que estaba sintiendo.

De pronto, volvió a la realidad, y su deseo se transformó en disgusto por sí misma.

¿Cómo era posible que estuviera comportándose de aquel modo?

La asaltó el pánico.

Ella tenía que apartarse de él. Ahora.

Antes de que fuera demasiado tarde, antes de que se transformase en una mujer como su madre, que había amado al hombre equivocado y había tomado decisiones equivocadas.

«Amado», pensó.

Keira se estremeció y se apartó de Jay.

Él se sorprendió de su reacción.

La vio abrir la puerta violentamente, antes de que pudiera detenerla.

Keira corrió a su habitación. Su corazón estaba latiendo desesperadamente.

Ella estaba desesperada.

Sintió pánico.

Pánico de poder estar enamorándose de él.

Se hundió en su cama y se agarró la cabeza.

Jay intentó recuperar el control.

Estaba sudando, y tenía la respiración agitada.

Su cuerpo estaba tenso de deseo. Pero Jay estaba más preocupado por el control de sus emociones que el de su cuerpo.

¿Cómo había podido suceder?

¿Cómo había podido permitir un comportamiento como aquél por el deseo de una mujer?

Jay caminó hacia la ventana y la abrió para que entrase aire fresco.

Pero nada podía refrescar sus sentidos del perfume de Keira, de su propio deseo.

Si Keira no hubiera corrido a su habitación, él la habría llevado a la cama.

Pero ella se había ido, ignorando su propio deseo y el de él. Y ella había estado excitada, Jay lo sabía.

Jay se movió torpemente, tratando de relajar su cuerpo del deseo que lo había poseído, y su mente del recuerdo de sus labios, de cómo ella había reaccionado a las caricias de él, de sus pezones erectos en la palma de su mano, de su sexo suave y húmedo.

Jay se puso furioso por las sensaciones que conjuraban esas imágenes.

Era un tonto si no se daba cuenta de que su intenso deseo tenía que ver con el viejo juego de que la deseaba y no podía tenerla. Uno de los juegos más viejos del mundo.

Jay respiró el aire fresco.

Era ilógico que siguiera deseándola sabiendo lo que era ella.

Sintió algo que le tensó el estómago. ¿Celos?

No era posible que sintiera celos. Era una emoción desconocida para él.

Lo más sensato sería dar por finalizado el contrato con ella y enviarla a Inglaterra con una compensación. Negociaría con ella comprarle los diseños y poner un nuevo equipo en su lugar para que los pusiera en práctica, así se terminaría aquello.

Sí, eso era lo que debía hacer.

En cuanto volviera de Mumbai.

Capítulo 8

KEIRA observó la pared recientemente pintada de la casa de muestra.

Había elegido la pintura de una docena de muestras y las había probado en la pared en pequeños trozos, para ver el efecto de la luz de la habitación sobre ellos.

–Sí. Es perfecto –le dijo Keira con una sonrisa al pintor.

El pintor sonrió y le dijo que le enviaría la mezcla de pintura para que los decoradores empezaran el trabajo por la mañana.

Había pasado un mes desde que había huido de Jay.

El descubrimiento de que Jay había vuelto a Mumbai la mañana siguiente, había sido un alivio. Le había dado la oportunidad de pensar de forma práctica y lógica y ver cuáles eran sus opciones.

No podía romper el contrato por motivos económicos, pero tampoco podía tolerar enamorarse del hombre equivocado, como su madre, e irse a la cama con él.

Jay habitaba un mundo de gente rica y poderosa que ella no volvería a habitar una vez que hubiera terminado el contrato con él.

Así que lo único que tenía que hacer era mantener la distancia de Jay hasta que la vida pusiera una distancia mayor entre ellos.

Entonces, ella podría desearlo todo lo que quisiera, ya que no sucedería más que eso, que lo deseara.

Era mejor quemarse de deseo que de vergüenza.

Y ahora que ella era consciente de su propio peligro, podía controlar la situación.

¿De verdad?

Entonces, ¿por qué se le hacía un nudo en el estómago cuando él iba hacia ella?

—Jamil ha sido muy paciente conmigo, y finalmente conseguimos el color que queríamos. Los decoradores empezarán el trabajo mañana, y cuando terminen traerán los muebles.

Jay asintió con la cabeza.

—No has decidido todavía sobre la tela de tul que te comenté —le recordó Keira—. Así que, si tienes tiempo...

—¿Te refieres a los diseños de tu compatriota?

—Sí. Sus diseños contemporáneos me han parecido divertidos y me parece que pueden atraer a los compradores, sobre todo si nos alejamos de los colores tradicionales franceses y ponemos algo más moderno y llamativo.

—Y por supuesto si le compro los diseños a tu compatriota él querrá agradecértelo, probablemente en una suite privada en el hotel del que te estaba hablando —dijo Jay con cinismo.

—Eso es injusto e insultante —le dijo Keira, furiosa—. Sólo hay una razón por la que recomendaría un profesional a un cliente, y ésa es mi opinión sobre su trabajo, o sobre su producto. Así es como hago negocios. Tú, quizás, tengas otros métodos.

–¡Te atreves a acusarme de tus propias pocas exigencias morales! –exclamó Jay, furioso, dando un paso hacia ella con actitud amenazadora.

Keira no sabía lo que hubiera sucedido si no hubiera entrado el director de la obra en aquel momento, explicándole a Jay que tenía que firmar unos papeles.

Cuanto antes terminase su trabajo con Jay, mejor.

Ella tenía que reunirse con los fabricantes de muebles al día siguiente. Su fábrica estaba a varias horas de viaje. Estaba en un pueblo cerca del desierto. Como Keira recordaba lo que había sucedido la vez anterior que ella había decidido ir a visitar una fábrica, primero le había enviado un mensaje a Jay, explicándole sus planes y pidiendo su aprobación.

Pero él no había dicho nada hasta aquel momento.

No tenía sentido mentirse a sí misma. Keira no podía negar que cada vez que veía a Jay su corazón daba un vuelco, y que se llenaba de deseo por él.

Por ejemplo aquel día. Hacía cuatro semanas que no lo veía. Cuatro semanas, dos días y diez minutos, para ser exactos.

Cuatro semanas en las que ella se había concentrado en su trabajo. Hasta había podido leer libros sobre cultura hindú y artesanía cuando se iba a la cama, hasta que se dormía.

Sin embargo aquel día, en cuanto lo había visto, había traicionado todas las reglas que había creado para protegerse.

Pero su comentario sobre Alex la había obligado a reconocer la realidad.

Al menos en eso no se parecía a su madre. No se sentía atraída por otros hombres.

Lo que aumentaba el peligro en lugar de disminuirlo.

Amar al hombre equivocado podía ser tan destructivo como amar a muchos hombres equivocados, sobre todo cuando aquel hombre era un hombre como Jay.

Jay estaba apoyado en uno de los pilares que soportaban el cielo raso del salón principal de recepciones.

¿De verdad creía ella que lo había engañado protestando por su comentario sobre su amigo diseñador de telas?

Jay caminaba de un lado a otro de la habitación.

Había ido a Mumbai para escapar del deseo por ella. Hasta se había prometido que apagaría aquel deseo en brazos de la actriz que lo había intentado seducir.

Entonces, ¿por qué no lo había hecho?

¿Y por qué había adelantado su regreso?

Keira, nerviosa, estaba esperando en la entrada principal del palacio. Su chófer le había dicho que no la llevaría a la cita, sino que la llevaría Jay, y que se reuniría con ella en breve.

Oyó los pasos de Jay atravesando el vestíbulo y se puso tensa.

—Siento haberte hecho esperar.

Sonaba muy formal, pensó Keira.

Estaban en el coche antes de que Jay le volviera a hablar.

—Recuérdame el motivo de tu visita a esta fábrica, ¿quieres? —dijo Jay con tono sarcástico.

—Quiero ver los muebles terminados antes de que los envíen, para estar segura de que está todo bien. El fabricante está haciendo unas estanterías más grandes para las propiedades más grandes. Irán en los estudios y en las habitaciones de los niños. Y quería ver si está todo bien. Si mi idea funciona, se pueden pintar de diferentes colores de acuerdo a las edades de los habitantes.

—Comprendo. ¿Y puedo confiar en que este diseñador no es otro de tus compatriotas, buscando lo que tú estás tan deseosa de dar?

Él era odioso, horrible.

—Yo no puedo controlar tus pensamientos —fue lo único que se le ocurrió decir a ella para mostrar sus sentimientos acerca del comentario suyo.

—Pero eres tú la persona cuyo comportamiento da lugar a mis pensamientos.

Keira estaba harta.

—Si tú confundes una conversación insignificante entre un hombre y una mujer con una oferta de sexo, lo siento por ti, o mejor dicho, lo siento por las mujeres que son víctimas de tus prejuicios, sobre todo si disfrutan de una conversación insignificante contigo.

–Tu sexo no disfruta de la conversación insignificante. Planea el curso de las palabras con precisión. Lo planea desde el momento en que una mujer se acerca a un hombre hasta el momento en que él le da la recompensa que ella espera a cambio del placer de su compañía.

–Eso es cínico e injusto. Habrá mujeres que hagan eso, pero...

–Algunas mujeres, de las cuales tú eres una, como ambos sabemos.

Keira sabía que no habría nada que le dijera que él pudiera aceptar. Jamás aceptaría que estaba equivocado con ella.

¿Y por qué le importaba si era así?

Al menos de aquel modo su desprecio fortalecía su decisión de no dejar que los sentimientos la traicionasen por él.

La fábrica de muebles estaba en las afueras de un pequeño pueblo polvoriento de actividad frenética.

–La fábrica está por allí –le dijo ella a Jay señalando un edificio de dos plantas alejado de los demás.

El calor del desierto golpeó a Keira en cuanto salió del aire acondicionado del coche.

El aire olía a cola y a pintura.

Habían notado que habían llegado porque la puerta del despacho del dueño de la fábrica se había abierto y el dueño estaba yendo hacia ellos.

–Hola, señor Singh –lo saludó Keira–. Por favor, permítame que le presente a Su Alteza el Príncipe Jayesh.

Keira notó la actitud temerosa del hombre frente a Jay.

Ella también estaba nerviosa, puesto que intuía que Jay no había ido sólo a llevarla, sino a supervisar su trabajo, con la esperanza de que ella pudiera equivocarse.

–Y ahora, señorita, ¿quiere pasar y ver las estanterías? –la invitó el señor Singh una vez que habían pasado por la formalidad de beber té.

El señor Singh los llevó a una antesala de la fábrica, donde las estanterías de Keira estaban expuestas.

Para alivio de Keira eran exactamente como ella había querido.

Keira se acercó a ellas para verlas en detalle.

–Están bien, ¿no? –preguntó el dueño con ansias.

–Sí –le confirmó Keira.

Sonó el móvil del dueño. Cuando éste se apartó para contestar, Keira pasó la mano por uno de los estantes, e hizo un gesto de dolor cuando se hizo daño con una astilla de la madera. Rápidamente retiró la mano y se la miró para inspeccionarla.

–Déjame ver –dijo Jay.

El dueño de la fábrica se había disculpado para atender la llamada, y de pronto la habitación se hizo claustrofóbica en aquel momento en que Jay y ella estaban solos.

–Es sólo una astilla –dijo Keira.

Pero él no le hizo caso. Agarró su mano y le quitó la astilla con cuidado.

Ella se estremeció.

Una diminuta gota de sangre había quedado como muestra de la herida y Jay se la llevó a la boca.

Keira quiso tomar aire, pero no pudo.

Porque la caliente sensación de la lengua de Jay en su dedo la acarició.

Ella sintió que se derretía de calor.

Quería cerrar los ojos y quedarse con él, saboreando aquella sensación para siempre.

Ella quería...

El sonido de los pasos del dueño, que volvía, la devolvió a la realidad.

Ella quitó la mano y exhaló, insegura.

El dueño de la fábrica estaba diciendo algo, pero ella no podía concentrarse, así que fue Jay quien le contestó.

Capítulo 9

CUANDO estaban a mitad de camino de regreso a la ciudad, Keira vio que se estaba formando una tormenta.

Jay lo había visto también porque dijo:

—Parece que nos vamos a mojar.

—Creí que la estación del monzón había pasado ya –dijo Keira.

—Así es –dijo Jay–. Esto es sólo una tormenta. A veces pasa. Espera... –le advirtió mientras apretaba más el acelerador–. Normalmente no iría a esta velocidad por una carretera como ésta, pero es mejor que no nos sorprenda aquí si hay tormenta. Si empieza a llover, esta carretera puede convertirse en un río.

Keira asintió.

El cielo estaba casi negro en aquel momento, y las ramas de los árboles se agitaban con ferocidad por el viento.

—Ten cuidado.

Jay dio un volantazo para evitar golpear a una vaca que había aparecido en la carretera, sacudiendo violentamente a Keira contra el cinturón de seguridad y el brazo que había puesto él para protegerla. Ella instintivamente se había agarrado a su brazo.

–Lo siento –dijo él.

Keira notó la tensión de su brazo, como si quisiera apartarlo.

–Me alegro de que hayas podido evitar la vaca –dijo Keira temblorosamente.

Ella lo soltó y tuvo que hacer un esfuerzo para no agarrarlo otra vez cuando sonó otro relámpago en el cielo.

En aquel momento empezaron a caer gotas grandes, golpeando el techo y el parabrisas del coche, mezclándose con el polvo.

–Voy a tener que bajar la velocidad, si no, estaremos en riesgo de salirnos de la carretera.

Keira asintió.

Le agradecía que le explicase lo que iba a hacer, pero no quería que se distrajese de la conducción hablando con ella.

Aunque casi no pudiera hablar con él, puesto que el ruido de la lluvia era tan fuerte que no se podía oír nada.

Jay había disminuido la velocidad, pero Keira aún sentía el peligro de la fuerza de la tormenta.

Extrañamente, no estaba tan asustada como debiera estarlo.

¿Porque estaba con Jay?

Keira miró brevemente en dirección a él. Jay estaba mirando hacia delante, concentrado en la conducción, aferrado cuidadosamente al volante, pero sin ansiedad.

Y ella sintió que él no dejaría que la tormenta los golpease.

–Ralapur está cerca.

Ella vio las luces a lo lejos.

Jay aceleró, y dejó atrás la tormenta, adentrándose en la nueva carretera pavimentada.

Cuando llegaron al aparcamiento, la lluvia había casi parado, pero la tormenta los estaba siguiendo.

–Si quieres puedes quedarte aquí mientras voy a buscarte una gabardina y un paraguas... –le ofreció Jay mientras apagaba el motor.

Keira agitó la cabeza.

–No. Iré contigo –le dijo.

Prefería mojarse un poco y tener la seguridad de su compañía, a quedarse sola en el coche.

–Ven, entonces.

Estaban llegando al palacio cuando la tormenta los sorprendió empapándolos.

Jay le agarró la mano y le gritó por encima del ruido de la lluvia.

–Iremos por este camino. Es más rápido.

Jay la llevó por un pasaje estrecho y atravesó con ella un portón alto que los llevó al jardín privado de Jay.

Ella no tenía fuerzas para oponerse, aunque hubiera querido hacerlo. Era más fácil dejar que Jay la llevara por unas escaleras de piedra que comunicaba el jardín con su habitación.

Jay abrió la puerta, la hizo entrar y cerró la puerta.

Allí estaban a resguardo de la lluvia.

Entonces Keira se dio cuenta de que durante todo el suceso de la lluvia no había dudado un momento de la confianza depositada en Jay. Pero lo que más recordaría de la tormenta sería la calidez de su mano, la sensación de intimidad que tanto le había gustado.

Eso le advertía de que se podía estar enamorando.

Pero era demasiado tarde. Sospechaba que en algún punto del recorrido entre que lo había conocido y entonces, se había enamorado de él.

Empapada, Keira intentó no pensar en ello.

Miró la habitación. Un dormitorio.

¿El dormitorio de Jay?

Su corazón dio un vuelco.

Jay encendió la luz.

Ella estaba temblando, pero aquella vez de frío. Tenía la ropa empapada y pegada al cuerpo, al igual que Jay.

Keira miró a su alrededor.

Había una cama doble en el centro con sábanas bordadas y lámparas Art Decó.

Fuera el cielo estaba negro y el único sonido era el de la lluvia golpeando.

Keira se quitó el pelo mojado de la cara y en ese momento se oyó un relámpago seguido de un trueno.

Ella gritó, sobresaltada y las luces de la habitación se apagaron.

Keira dio un paso y se chocó con Jay. Él la sujetó o la apartó, ella no lo sabía.

Lo único que sabía era que el hecho de que él la tocase provocaba una tormenta interior en ella.

Temía más su propio deseo que lo que estaba sucediendo fuera.

Keira intentó protegerse, pero fue demasiado tarde. Porque su cuerpo tenía sus propias ideas. Y como había hecho otra vez, se apoyó en él.

Jay oyó el mensaje y lo reconoció. Él debía rechazarla. Pero en la habitación a oscuras la aceleración de la respiración de Keira era un conducto del deseo que había estado reprimiendo desde el momento en que la había visto por primera vez.

Era un deseo que corría por sus venas e inundaba sus sentidos, rompiendo el control no sólo de sus reacciones físicas, sino de algo que jamás ninguna mujer había logrado tocar: sus emociones.

Sólo era el deseo nacido del rechazo, se dijo.

La idea de que ella tenía un magnetismo único que atraía sus sentidos eran sólo imaginaciones suyas.

Ignorando las advertencias que su cerebro estaba tratando de enviarle, Jay extendió el brazo hacia Keira y preguntó:

–¿Qué ocurre? ¿Qué quieres? Dime.

Él notó que ella temblaba.

–¿Es esto?

Él había tirado de ella hacia él con un movimiento fuerte y sinuoso.

–Dime –repitió él–. Dime que me deseas.

Aquello era una locura, una locura de la que ella se arrepentiría.

Pero de alguna manera, ya no le importaba.

–Te deseo –susurró Keira.

Y sintió como si la admisión hubiera dado rienda suelta a su propio deseo, provocando una tormenta en todo su cuerpo.

–Te deseo –repitió Keira más fuerte.

–¿Cuánto? ¿Cuánto me deseas? Dime. Muéstrame. Muéstrame tu deseo. Muéstrame de qué modo quieres que te dé placer. Háblame y dime con palabras qué te da placer.

Lo que él le estaba pidiendo era imposible. Pero eso no evitaba que sus palabras la excitaran.

Sus cuerpos estaban calientes de deseo. Ella lo olía, lo sentía, lo respiraba...

Hubo un trueno y un relámpago, y el corazón de Keira se aceleró.

En la luz tenue los ojos de Jay brillaban como el mercurio derretido, su mirada cargada de peligro y deseo.

La fragancia del deseo de Jay y de su excitación junto al perfume de su piel fue como un afrodisíaco.

Ella no debería sentirse así, pero era demasiado tarde para decírselo a sí misma en aquel momento.

Ella se sentía dividida entre su deseo por él y su miedo por aquel deseo.

Dividida entre la intensidad de su deseo de llevarlo a él a la cima del placer y su necesidad de escapar de aquel lado oscuro de sí misma.

Keira tembló y pronunció un gemido de protesta.

–No –dijo.

–Sí... Sí... –dijo él.

Jay la besó apasionadamente, y ella dejó que él venciera su resistencia.

No tenía otra opción que reaccionar ante él. Aquello era lo que había estado deseando desesperadamente.

La tormenta los había envuelto a ambos, y los ruidos de sus respiraciones agitadas, de manos en la carne, moldeando, acariciando, de boca contra boca, de lenguas uniéndose, era un contrapunto erótico que acompañaba sus latidos irregulares.

La pasión fue creciendo con cada inhalación, con cada pulso que la hacía ascender.

Las manos de Jay acariciaron su cuerpo magistralmente, y su boca la poseyó por completo.

Fuera, la tormenta seguía rugiendo, hasta que un relámpago iluminó la habitación brevemente.

Keira se puso tensa y dejó de besar a Jay para mirar hacia la ventana.

Jay miró el subir y bajar del pecho de Keira debajo de la tela de la blusa.

Keira lo miró. Sus pezones estaban duros y tirantes debajo de la seda húmeda de su sujetador. Y la erección de Jay se apretaba en sus pantalones.

La luz del relámpago había desaparecido, pero Jay dirigió su mano hacia su pezón con exactitud, y empezó a acariciárselo con el índice y el pulgar.

—Mírame —le ordenó.

Él quería ver su deseo tanto como sentirlo.

Quería observarla mientras sus manos le daban placer. Quería ver en sus ojos aquello que no se podía ocultar con un rechazo verbal.

Keira se entregó al placer que irrumpía como una tormenta en su interior, sus ojos estaban brillantes de excitación y sus labios, suaves e hinchados de sus besos cuando miró a Jay.

Jay extendió la mano hacia los botones de la blusa de Keira.

Él la oyó gemir, luego sintió su estremecimiento cuando le quitó la tela mojada. Sus pechos estaban desnudos, preparados para la posesión de sus manos.

¿Podía ser ella aquélla?, se preguntó Keira.

Estaba gimiendo, arqueándose de placer, apretando su cuerpo contra el de él, estremeciéndose.

Las caricias de Jay eran un placer casi insoportable. Pero ella se moría por sentir su lengua en sus pechos, sentir su succión, algo que sabía que la incendiaría por dentro, y la cambiaría para siempre.

–¿Te da placer esto? ¿Quieres más?

Ella no podía hablar. Sólo podía entregarse a las sensaciones y a él.

No sabía si había hablado, pero supo que su mensaje había sido comprendido.

Y ahora se estaban desvistiendo violentamente el uno al otro en medio de caricias y besos, y en el caso de ella, de gemidos de placer mientras descubría alguna parte nueva de él para tocar.

¿Quién hubiera dicho que la carne húmeda por la lluvia era algo tan erótico?

Las manos de Jay la estaban moldeando, acariciando sus muslos, y todo su cuerpo. Sus dedos se deslizaron por la suavidad de su trasero y la levantaron para apretarla contra su erección.

¿Había sido ella quien había abierto sus piernas por voluntad propia o había sido Jay quien las había abierto para explorar eróticamente su intimidad?

Keira no lo sabía.

Ni le importaba.

Ella no podía existir ni pensar más allá de las caricias de Jay contra su clítoris.

Poseída por un deseo que se había materializado rápidamente, Keira tiró de la ropa de Jay, y disfrutó de cada una de sus caricias sobre su piel desnuda. Gimió de placer y lo animó a más intimidad a medida que las caricias acrecentaban su deseo.

Allí, en aquella habitación, la tormenta parecía haberla despojado de todas sus inhibiciones.

Jay dejó de tocarla. Ella se sintió huérfana. Pero antes de que pudiera darse cuenta la llevó a la cama.

Keira se aferró a Jay mientras él la dejaba en el colchón, mientras lo besaba apasionadamente en el cuello y en el pecho, con ojos encendidos de deseo.

Ella se había enamorado de Jay. La tormenta había dejado sus sentimientos al descubierto. Ya no podía ocultárselos.

Jay la dejó en la cama y la besó lentamente, profundamente, hasta que sus sentidos se nublaron y sus pezones se pusieron duros en las palmas de sus manos.

Él deslizó su boca hacia sus pechos, y ella dio la bienvenida al calor de su lengua en sus pezones.

Ella se sintió asaltada por las sensaciones que le provocaba Jay con sus dedos, y respondió rítmicamente a sus caricias.

Jay agarró su tobillo y empezó a darle besos desde allí, por toda la pierna, llegando hasta la rodilla. Luego subió por su muslo, mientras ella temblaba con un placer que su cuerpo no podía contener.

Los truenos y los relámpagos estaban dentro de ella, llevándola de una cima a otra del placer.

De pronto los pies de ella estaban en los hombros de Jay, y su cuerpo estaba abierto a él para que lo explorase como quisiera.

Keira exclamó cuando él apartó la humedad de los labios interiores de su sexo y acarició su clítoris una y otra vez, lentamente, luego más rápidamente, moviéndose dentro y encima de ella, llevándola tan rápidamente a la cima, que ella gimió de placer y se convulsionó mientras Jay la acariciaba y la llevaba al intenso espasmo del orgasmo.

Fue un placer salvaje y delicioso que la dejó temblando, tanto por su efecto físico como emotivo.

Jay la miró.

Keira, llevada de la emoción, agarró la mano de Jay y le dio un beso, en un gesto de amor.

Ella era buena. Mucho mejor de lo que él había creído. Había disfrutado de su deseo con una sencillez que había actuado en él como un afrodisíaco.

Él quería ver ese placer otra vez. Quería observar mientras se lo daba. Quería que ella lo envolviera con sus piernas mientras él la hacía suya, penetrándola lenta y profundamente, hasta que ella le rogase que se moviera más rápido y más profundamente, hasta que ella lo llevase a la cima donde acababa de estar...

Pero inesperadamente ella se estaba durmiendo en sus brazos.

Jay frunció el ceño y la dejó en la cama mientras observaba cómo se cerraban sus ojos.

Fue el ruido del agua corriendo lo que despertó a Keira, eso y la sensación de pérdida, porque aun en sueños ella había sabido que Jay la había abandonado.

La habitación estaba oscura aunque la tormenta había pasado.

Del cuarto de baño salía un halo de luz. Y ella supo dónde estaba Jay.

Keira se levantó y caminó descalza hasta el cuarto de baño.

Éste estaba cubierto de mármol negro y rodeado de paredes de espejos. La mitad de su tamaño estaba ocupado por una gran bañera. La otra mitad de la habitación estaba separada por un cristal, y tenía una ducha y un vestuario. Jay se estaba duchando de espaldas a ella.

El cuerpo de Keira se contrajo de amor al verlo.

Jay se giró cuando ella llegó a la ducha. La miró y la tomó en sus brazos y la besó lenta y dulcemente.

Luego la apretó contra su cuerpo. Segundos más tarde puso gel de ducha en su mano y lentamente se lo aplicó a ella.

Diez minutos más tarde, cuando ya se había aclarado, Keira supo que el deseo que el contacto de Jay había provocado no iba a desaparecer. Sino todo lo contrario.

Lentamente ella lo tocó. Le acarició el torso y deslizó las manos por su cuerpo hasta llegar al suave vello en la base de su sexo.

Tímidamente le acarició delicadamente su rígido miembro masculino.

Jay se estremeció.

Keira lo estaba atormentando dulcemente, y ella debía saberlo. Él quería que ella lo abrazara, lo rodeara, sentir su cuerpo rodeándolo y acariciándolo. Él quería poseerla y abrazarla y adentrarse en ella. Quería sentir el deseo de su cuerpo por el de él. Él quería perderse en ella...

–Te deseo –dijo ella con voz sensual–. Hazme el amor, Jay.

Ella le acarició el torso, y deslizó sus manos hacia abajo, dándole besos por todo el cuerpo, hasta llegar a su suave y duro sexo.

Al final lo había hecho. Le había rogado que le hiciera el amor, como le había dicho él. Su orgullo estaba aplacado. Pero también era verdad que no habría podido aguantar más, y habría sido él quien le hubiera rogado a Keira hacerle el amor.

Pero ahora Jay ya no podía esperar más.

La levantó en brazos y la volvió a llevar a la cama.

Su deseo de acabar con lo que tenía pendiente lo llevó a pasar de ciertas barreras que solía imponerse. Lo normal era que se mantuviera distante emocionalmente. Pero aquella vez reemplazó aquella distancia por algo que no podía controlar ni rechazar, que lo quemaba y tomaba posesión de él.

Keira estaba perdida totalmente. Lo único que le importaba era Jay y lo que sentía ella. No había lugar para más.

El hacer el amor la había llevado a alturas inigualables de placer.

Keira oía de fondo los movimientos de Jay para practicar sexo seguro. Ella quería que él volviera a la cama, y lo animaba con besos y caricias.

Cuando él volvió y se abrió paso entre sus muslos, ella le agarró los hombros. Él se adentró lentamente en ella.

¿Cómo podía existir tanto placer?, se preguntó ella.

La hacía moverse para encontrarse con él mientras él la llenaba y la poseía.

El placer se hizo más intenso, y ella sintió un escalofrío recorriéndola, y la necesidad de ir al encuentro de sus empujes.

El mundo de Jay, su mundo, se había convertido en sentir la carne de Keira envolviéndolo, la sensación de estar con ella y dentro de ella. Eso era lo único que importaba.

Jay se adentró más profundamente y sintió la barrera que le impedía el paso.

¿Ella era virgen? ¿Cómo era posible que fuera virgen?

No podía creerlo.

Al descreimiento siguió la ira.

¿Por qué Jay se había quedado tan quieto?

Eso no era lo que ella quería.

Keira se movió, deseosa, contra él, y lo besó, mostrándole con el calor húmedo de su lengua lo que quería.

A Jay lo había tomado totalmente por sorpresa lo que acababa de descubrir. Y por cierto, cambiaba totalmente la dinámica de lo que estaba sucediendo.

Jay quería apartarse de Keira. Pero tanto su cuerpo como el de ella conspiraban para impedirlo.

Su cuerpo se aferraba al de él con deseo, poseyéndolo en su calor húmedo. Su cerebro y su cuerpo tenían ideas totalmente diferentes.

Jay se movió, intentando separarse, pero Keira se movió con él, y en el espacio de un suspiro de tiempo fue demasiado tarde para parar. Demasiado tarde como para hacer nada que no fuera rendirse al deseo de ambos.

Aquella vez el placer fue diferente, reconoció Keira.

Más profundo, más fuerte.

Ella se aferró a él y lo abrazó hasta que su orgasmo se hizo el de él, y el de él de ella.

Hasta que la llevó hasta un lugar inigualable, imposible de que existiera en la realidad, a una intensidad tan profunda que la dejó en estado de shock al mismo tiempo que le dio placer.

Capítulo 10

VIRGEN...
¿Cómo era posible que ella fuera virgen?, pensó Jay mientras miraba la oscuridad mientras Keira dormía a su lado.

Aquel hecho lo enfadaba y turbaba a la vez porque todas sus preconcepciones sobre ella estaban equivocadas. El ser virgen la alejaba totalmente de la idea que se había hecho de ella.

Se sentía traicionado por su propia torpeza al juzgarla, y se sentía enfadado por la creencia de que ahora ella pudiera tener expectativas y ambiciones que él no tenía ninguna intención de satisfacer.

Si él hubiera sabido la verdad sobre ella, le habría advertido que no se acercase a él, y se hubiera asegurado de que no tuvieran sexo. Ocultando su verdadera experiencia sexual, o mejor dicho, la falta de ella, Keira le había permitido seguir en su error, y lo había puesto en una situación difícil.

Las vírgenes de veintitantos años por definición tenían algún problema sexual, lo que no se daba en su caso, o de algún otro tipo.

Y la única razón en la que Jay podía pensar era

que Keira había esperado cambiar su virginidad por un compromiso.

Y eso no iba a suceder nunca.

Él no tenía intención de comprometerse con ninguna mujer.

Durante los años de alejamiento de su padre, éste le había hecho saber a través de los cortesanos que quería arreglar un matrimonio apropiado para él. Pero en eso Rao y él se habían opuesto a su padre, negándose a aceptar un matrimonio de conveniencia.

Rao tendría que casarse finalmente, y su esposa tendría que ser alguien digna de ser su maharaní. De él Jay sabía que también se esperaría que, si se casaba, lo hiciera con alguien apropiado.

Pero él no tenía intención de casarse con nadie.

Así que Keira había malgastado su virginidad y él tendría que decírselo.

No tenía que haber más errores de juicio ni de aspiraciones.

Lentamente a su mente volvieron recuerdos de la noche anterior. Keira diciendo su nombre, dándole las gracias por su placer, sus ojos llenos de emoción.

Jay apretó los labios. Lo que había sucedido entre ellos no tenía nada que ver con la emoción, al menos de su parte, y cuanto antes se lo dijera a ella, sería mejor. Por su bien y el de ella. Lo que menos quería era que ella se hiciera ridículas ilusiones de lo que sólo había sido una noche de sexo, y una noche que él no tenía intención de repetir.

Tendría que hablar con ella antes de que la situación se le fuera más de las manos de lo que se le había ido.

Keira llevaba despierta un rato en la cama, maravillada por la diferencia que había entre la mujer que había sido y la que era ahora. Su cuerpo brillaba aún después del placer. El placer de ambos, se recordó.

Jay sabría ahora que se había equivocado con ella, y que lo que había sentido por él era único. Era algo que no había compartido con ninguna otra persona.

Todavía se sentía un poco en las nubes física y emocionalmente.

Y todo por Jay.

Jay.

¿Dónde estaba? ¿Qué le diría a ella?

Su corazón latía aceleradamente cuando pensaba en él.

Lo deseaba y quería estar con él. El efecto de la noche íntima había sido cambiarla a ella y a su relación con él. Y su corazón cantaba de alegría.

Fue el mismo Jay quien la devolvió a la realidad.

Jay apareció con una bandeja con té y una expresión que a ella la dejó helada.

Pasaba algo. Jay estaba distante, frío.

Estaba totalmente vestido. No se acercó a ella siquiera, sino que caminó hacia la ventana.

–Te debo una disculpa. Y me temo que tendrá

que ir acompañada de una advertencia –hablaba con el tono que hubiera empleado en una reunión de negocios.

Keira sintió pánico.

–Quiero ser sincero contigo, Keira. Si hubiera sabido que eras virgen, no habría tenido sexo contigo. Si hubieras sido una niña de dieciocho años, podría comprender que tuvieras fantasías románticas de que los hombres pudieran enamorarse apasionadamente de una inocente virgen y ofrecerte matrimonio. Pero no tienes dieciocho años. Tienes veintisiete. Las mujeres de veintisiete años no permanecen vírgenes por accidente o por fantasías románticas. Haber elegido la virginidad teniendo esa naturaleza tan apasionada y sensual no debe de haber sido fácil.

Keira se quedó con la boca abierta.

–Mi suposición es que lo has hecho porque lo has visto, digamos, un buen negocio. Tu sexualidad a cambio de un buen matrimonio. No dudo que hay hombres, hombres ricos, que estarían deseosos de algo así por la seguridad de saber que su esposa es un modelo de virtud. Sin embargo, yo no soy uno de ellos. Para ser claro, no tengo intención de comprometerme con ninguna mujer, ni dentro ni fuera del matrimonio, y si me hubieras dicho la verdad sobre ti, yo te hubiera recomendado que conservaras tu virginidad para otro. Sexualmente, lo que compartimos la pasada noche fue muy placentero. Un placer pasajero que ya se ha terminado y se olvidará pronto. Siento si mis palabras te ofenden o disgustan, pero es mejor que sepas la verdad. Sería cruel de mi parte dejar que albergues esperanzas de algo que no tengo intención de darte a ti ni a nadie.

Keira sintió como si cada palabra fuera un golpe a su corazón y a su orgullo.

Él estaba equivocado con ella. Ella no había querido usar su virginidad para forzarlo a comprometerse, pero ella se la había dado porque ella se había comprometido emocionalmente con él. Él no lo sabría nunca, no obstante. Ahora, no. Tenía que salvar su orgullo y su respeto por sí misma.

Keira se envolvió con las mantas y se incorporó.

—Te agradezco lo que me estás diciendo, pero debo decirte que una vez más has sacado una conclusión equivocada sobre mí.

Hubo un silencio durante el cual Keira esperó.

—¿Y eso qué quiere decir?

—Lo que significa es que sí, decidí permanecer virgen, pero la razón por la que lo hice no tiene nada que ver con el deseo de casarme.

—¿Has permanecido virgen porque no quieres casarte? Perdóname, pero tengo que decirte que no...

En cualquier momento él iba a empezar a preguntarle cosas que no iba a saber contestar, así que era mejor dirigirlo hacia algo posible.

—Quise una profesión y mi independencia. Y desde joven me pareció que en cuanto una chica se enamora deja de desear esas cosas. Así que me prometí no enamorarme. Era muy peligroso. El seguir siendo virgen ha sido la consecuencia de la promesa de no enamorarme.

Keira se encogió de hombros.

–Evidentemente, cuando me hice mayor me di cuenta de que se podía tener sexo sin involucrarse emocionalmente, y me he empezado a preguntar si no me estaría perdiendo algo por la decisión que había tomado cuando era inmadura.

–¿Y has buscado a alguien para experimentar el sexo?

Keira se rió.

–No he llegado tan lejos. Y si lo hubiera hecho, habría tenido la incomodidad de la virginidad. Soy lo suficientemente mayor como para comprender que lo que pasó entre nosotros fue algo que ninguno de los dos esperaba que sucediera y probablemente ambos hubiéramos preferido que no sucediera.

La había juzgado mal una vez, pensó él. Había parecido sincera cuando había hablado. Debía aceptar lo que estaba diciendo.

–Sería mejor que en las circunstancias presentes terminemos nuestro contrato –dijo Keira.

Ella no podía romperlo pero esperaba que lo hiciera él. Porque ella no podía trabajar sintiendo todo aquello.

–No quiero terminar nuestro contrato –dijo él–. Sería poco rentable desde el punto de vista económico y además sería un lío encontrar otro diseñador de interiores en esta fase del proyecto. Ésta es una de las razones por las que estoy hablando contigo como lo estoy haciendo. No quiero que haya ningún malentendido, ninguna esperanza ni aspiración, digamos, que no pueda concretarse.

Keira se sonrió interiormente al pensar qué pensaría él si supiera la verdad.

—Todas mis esperanzas y aspiraciones están concentradas en mi trabajo.

—Como las mías lo están en el mío.

Jay se había ido. Ella estaba sola. Pero no quería dar rienda suelta a sus emociones.

No podía mostrar su dolor, porque podría ser usado en su contra, haciéndole más daño.

Pero sus defensas habían sido atacadas por la mayor de las crueldades. Se había enamorado de Jay.

Pero él no debía saberlo. Se moriría antes de dejar que él viera lo tonta que había sido.

La noche anterior ella había roto la promesa más importante que se había hecho.

Y ahora tenía que enfrentarse a las consecuencias, se dijo.

Capítulo 11

SU TRABAJO en las tres primeras casas de muestra había terminado.

No tenía necesidad de estar arreglando cojines, flores y cortinas.

Pero necesitaba mantenerse ocupada.

Jay volvería de Mumbai aquel día.

¿Sería capaz de controlar su reacción ante él cuando volviera?

Desde que Jay le había hablado de su virginidad hasta que se había marchado a Mumbai la había tratado con distancia, casi clínicamente.

Al menos en su ausencia había podido trabajar sin miedo a que su proximidad le hiciera perder el control.

Pero pronto volvería.

Y la noche anterior sus sueños habían estado llenos de deseo por él...

Jay le había escrito un correo electrónico para decirle que traería con él a un director de una revista de hogar con la idea de que en su revista saliera su proyecto completo, con fotos de sus diseños de interiores y una entrevista con ella sobre diseño.

Keira se había vestido apropiadamente para la entrevista. Se había puesto un traje de falda de lino con una blusa a juego. Había completado su traje con un par de gafas de sol de diseño y un bolso de piel de moda, regalo de un diseñador joven cuyo apartamento había preparado para un Photoshop.

¿Estaría satisfecho Jay con su trabajo?

Lo que ella tenía que hacer era mostrarle a una profesional, no a una mujer enamorada con las emociones a flor de piel.

Pero no podía quedarse allí todo el día.

Estaba por marcharse de la casa de muestra cuando apareció un coche y de él salieron Jay y otro hombre.

El corazón de Keira dio un vuelco.

Jay iba hacia ella.

Cuando estuvo a su lado le presentó al hombre.

—Mis amigos me llaman Bas —le dijo—. Y espero que tú hagas lo mismo. He oído muchas cosas buenas sobre tu trabajo, y tengo muchas ganas de incluirlo en nuestra revista.

—Espero que Jay te haya dicho que una de sus condiciones era que quería que usara materiales y productos locales, ¿no? —Keira preguntó haciéndose a un lado para que entrasen en la casa de muestra.

—¿Y eso ha interferido en tu creatividad?

—No, en absoluto. El usar productos locales y concentrarme en la naturaleza de la tierra del proyecto ha coincidido con mi forma de trabajar. Y es un modo de reflejar los estilos y gustos de la gente que va a comprar las casas –Keira dejó de hablar para permitir al director de arte mirar la decoración e inspeccionar lo que ella había hecho.

–Estoy impresionado –le dijo él–. Muy impresionado. Este tul, por ejemplo...

–Ha sido fabricado y diseñado en la zona.

–Jay, con tu permiso, me gustaría hacerle a Keira y a su trabajo un espacio en nuestra revista. De hecho, me gustaría dedicar una revista entera a lo que estáis haciendo, con entrevistas a los artesanos del lugar, artículos sobre la historia de esas artesanías, ese tipo de cosas. Lo que estáis haciendo es verdaderamente revolucionario. Ahora que he visto lo que ha hecho Keira estoy impresionado.

Jay estaba frunciendo el ceño, y Keira se preguntó si estaría satisfecho con su trabajo.

–Lo que tengo que hacer es traer a un equipo aquí para las entrevistas. Sé que has dicho que quieres que coincida el lanzamiento de la revista con la inauguración del proyecto y tu propia propaganda. Has dicho que pensabas lanzarlo en la Feria del Comercio Justo dentro de seis meses, ¿no? Keira, quiero hacerte una entrevista extensa, y querría hacerme una idea de cómo trabajas. ¿Te importaría que esté contigo un par de días para seguir de cerca tu trabajo?

Jay frunció más el ceño.

–Bueno, si a Jay no le importa –dijo Keira a Bas.

–Por supuesto que no le importa. Me ha traído aquí para esto, ¿no, Jay?

Ignorando al otro hombre, Jay se volvió a Keira y dijo:

–Ven a verme a mi despacho en el palacio dentro de una hora. Quiero repasar unas cosas contigo. Ahora te llevaré a tu hotel, Bas, y te dejaré allí para que te instales.

El director de arte sonrió a Keira.

–Es sólo una visita relámpago la que hago esta vez. Pero espero volver y pasar más tiempo contigo.

Al menos alguien había admirado su trabajo, aunque ese alguien no fuera Jay, pensó Keira con tristeza mientras esperaba que avisaran a Jay que había ido a verlo.

Ella había llegado temprano a su cita, y ahora se sentía un poco mareada y nerviosa. Lo único que la mantenía de pie era su orgullo y su determinación de demostrarle a Jay que ella era muy profesional.

El criado volvió y le pidió que lo siguiera.

A medida que caminaba en dirección a Jay y a su despacho su aprensión aumentaba, hasta el punto de que habría dado cualquier cosa por darse la vuelta y marcharse.

¿Y si él le decía que sabía lo que ella sentía por él?

¿Qué haría ella entonces? ¿Cómo sobreviviría a la humillación?

Rakesh, el joven criado, golpeó la puerta de Jay.

Keira entró en la habitación y se sobresaltó al

ver que Jay estaba de pie al lado de la puerta, de manera que casi se chocó con él.

Cuando él pasó por delante de ella para cerrar la puerta, ella tuvo que hacer un esfuerzo para no reaccionar a su proximidad. Era como si le faltase el oxígeno.

¡Lo había echado tanto de menos!

¡Ella se moría por él!

Pero no tenía que sentirse así, se dijo.

–¿Te ha pedido Bas ya que te vayas a la cama con él? –preguntó Jay con tono hostil.

Ella se sobresaltó.

–No, por supuesto que no.

–Ese «por supuesto que no» está de más. Te desea. Lo ha dejado muy claro.

Aquella discusión era lo último que ella había esperado.

–Si crees que yo puedo poner en riesgo el éxito de tu proyecto con un comportamiento poco profesional... –dijo ella.

Pero Jay la interrumpió.

–¿Tú no lo deseas entonces? –preguntó Jay.

–No.

–¿Me deseas a mí?

Ella no pudo contestar inmediatamente.

–No –respondió cuando recuperó la voz.

–¿Quieres que haga que me desees?

–No pienso quedarme aquí para escuchar esto.

Jay le impidió el paso y ella no pudo ir en ninguna dirección sino a sus brazos.

Jay la besó apasionadamente. Dibujó sus labios con su lengua y penetró su boca, como si la poseyera con aquel beso. Acarició sus pechos, amoldando su cuerpo al de él.

Ella estaría perdida en un segundo, pensó.

–Quiero que vengas a la cama –dijo Jay.

Keira intentó resistirse a aquellas palabras.

–¿Porque crees que otro hombre me desea? –lo desafió ella.

–No. Aunque admito que el verlo mirarte de aquel modo me ha hecho decidir que es mejor que no pierda el tiempo postergando mi proposición.

La palabra «proposición» la sobresaltó.

Jay la soltó y le dijo:

–Nunca me ha resultado atractivo tener sexo en mi despacho. Pero si no pongo distancia entre nosotros, voy a poseerte aquí mismo. La próxima vez que tú y yo tengamos sexo quiero que sea con el tiempo y la intimidad necesarios para que sea una experiencia especial y memorable.

El corazón de Keira dio un vuelco, y su cuerpo reaccionó a las promesas que contenían sus palabras. Era imposible mantener el control, pensó.

–Tú has dicho que no te interesan las vírgenes –le recordó ella.

–Ya no eres virgen. Mira, la verdad es que nos guste o no, hay una atracción sexual entre nosotros más intensa de lo que quisiera. Es lo suficientemente intensa como para haberme tenido en vela toda la noche cuando he estado fuera, deseándote sólo a ti. Ambos sabemos lo que hay: una relación sin compromiso, una relación sin vistas a que sea estable y duradera, sin traumas emocionales. A mí me parece que me deseas tanto como yo a ti, y mi proposición es que nos demos un respiro y aceptemos esto en lugar de resistirnos. El tipo de deseo sexual que experimentamos se agota a sí mismo cuando es satisfecho. Ahora mismo, resistiéndonos a él, lo que hacemos es alimentarlo. Es mucho mejor que disfrutemos de él mientras dure, ¿no estás de acuerdo?

Keira estaba anonadada.

Era una idea totalmente calculada para destruirla. Era lo peor que le podía pasar.

Sabía que Jay no sentía nada por ella, que lo único que quería de ella era sexo. Y sin embargo ella estaba totalmente tentada de aceptarlo, simplemente para tener el placer que él le estaba ofreciendo y atesorar sus recuerdos.

Si lo rechazaba, ¿cómo se sentiría diez años más tarde sabiendo que podría haber disfrutado de aquel tiempo con él?

Si no aceptaba, ¿no sospecharía Jay que ella lo rechazaba porque se había enamorado de él?

–Ven a cenar conmigo esta noche –dijo Jay–. Puedes darme tu respuesta entonces.

–Muy bien.

–Cenaremos en mis habitaciones privadas, aquí en el palacio.

Ella sitió pánico.

Pero también se sintió excitada.

¿Qué podía ponerse para una cena con un hombre si esa cena sería el preludio de una noche de sexo?

Keira jamás había estado en una situación así.

Nunca se había vestido para seducir. Su ropa interior no era sexy...

Recordó que había visto una tienda en el bazar que vendía ropa interior delicada.

¿Le gustaría eso a Jay?

No sabía realmente qué preferiría un hombre tan sofisticado como Jay.

Finalmente decidió ser ella misma. O todo lo ella misma que pudiera, por una cuestión de respeto a sí misma. Y se puso un vestido holgado color crema y un par de sandalias, y se peinó con el pelo suelto. Luego se maquilló levemente.

En realidad se había decidido por un estilo sencillo e informal. Y se alegró de haberlo hecho, porque cuando Jay fue a buscarla en persona para bajar a cenar, vio que también se había vestido de forma informal.

Era difícil para ella no demostrar lo que estaba sintiendo.

—He pensado que podíamos volver caminando a través de los jardines —dijo él mirando los pies de Keira, tal vez para comprobar que llevaba el calzado adecuado.

Keira sintió cierto pudor cuando él miró sus pies desnudos con las uñas pintadas de rojo.

No era posible que él supiera que ella había estado leyendo el *Kama Sutra* desde que él lo había nombrado, y cuánto se habían despertado sus sentidos con lo que había leído.

Pero su lectura le había hecho pensar en cuánto amaba a Jay y cuánto lo deseaba, y lo doloroso que sería no volver a compartir el placer con él cuando aquello terminase.

Pero por ahora podía disfrutarlo, pensó.

Jay le agarró la mano y ella sonrió. Entonces él se la apretó más.

–¿Te das cuenta de cuánto me tientas cuando me sonríes así? –dijo él.

–¿Cómo?

–Como si no pudieras esperar a estar en mis brazos.

–Yo... –Keira hizo una pausa.

Había muchas cosas que no podía decirle. Y muchas razones para no ser sincera con él.

Pero no pudo evitar decir:

–No puedo esperar...

–Rakesh, el criado, debe de haber traído la cena.

–Entonces será mejor que vayamos a comer.

Estaba anocheciendo en los jardines y el calor estaba disminuyendo.

Jay la llevó a la escalera que conducía a sus habitaciones privadas y la hizo entrar en un salón de estilo tradicional. Había unos divanes y una mesa. Unas lámparas de cristal de colores iluminaban la habitación y proyectaban colores ámbar y rojo. El aire estaba perfumado con esencias. Una música de fondo sonaba en la luz tenue.

Aquello parecía el estilo del *Kama Sutra*, pensó ella.

Jay le ofreció asiento en un diván y él se sentó en el que había al lado de ella.

Jay agarró un cuenco de la mesa y le ofreció un bocado de arroz con azafrán.

Era todo tan erótico...

Que él le diera de comer, que le tocase los labios con los dedos.

Luego Jay le sugirió:

—¿Por qué no me das de comer?

Ella alzó la mano con dedos temblorosos y le dio un bocado de arroz. Él le agarró la muñeca y le lamió los dedos, lentamente, deliberadamente.

Después de eso, Keira sólo tenía apetito para una cosa, aunque pudo comer primero las fresas que le dio Jay, y luego darle un beso en los dedos y en la palma.

Como si hubiera sido una señal que él hubiera esperado, Jay se puso de pie y le dio la mano.

Keira la aceptó silenciosamente.

Su corazón latía aceleradamente.

Jay tiró de ella y la abrazó. Luego le acarició la cara. Cuando llegó a su boca, Keira la abrió automáticamente, y jugó con su lengua lamiendo sus dedos y metiéndoselos en la boca.

Jay le acarició el pecho y jugó con su pezón, y cuando ella succionó sus dedos él respondió recíprocamente retorciendo levemente sus pezones. Keira succionó más intensamente y él reaccionó del mismo modo. Ella le acarició los dedos con su lengua y se estremeció cuando Jay bajó la cabeza y agarró uno de sus pechos con la boca a través de la tela, succionando uno de sus pezones.

¿Cómo podía excitarla tanto algo tan simple?

Ella podía sentir su corazón latiendo intensamente, y su cuerpo ablandarse, abrirse a él con deseo.

Era demasiado tarde para lamentarse por no haber roto su promesa de no quitarse la ropa interior. Si no se la hubiera puesto, lo único que tendría que haber hecho Jay habría sido deslizar su mano debajo de su vestido.

Jay le puso la mano en el muslo. Pero no fue para excitarla, sino para levantarla en brazos y llevarla al dormitorio.

Allí la dejó en la cama.

Entonces la volvió a acariciar. Recorrió todo su cuerpo.

Keira se abandonó a su placer.

Él se puso de rodillas y le agarró un pie desnudo.

Su cuerpo era como un instrumento para él, afinado para responder a su tacto. Preparado para disfrutar del placer que él le daba.

Si la hubiera dejado de tocar en aquel momento, ella habría caído en un abismo de deseo insatisfecho y se habría vuelto loca, pensó ella cuando la punta de la lengua de Jay se deslizó por el arco de su pie desnudo, haciéndola estremecer de placer.

Ella no se había dado cuenta de cuándo se habían quitado la ropa. Pero estaban desnudos.

El cuerpo de Jay era duro y musculoso. Ella probó su gusto y aspiró su perfume cuando lo tocó y lo besó íntimamente. Le acarició el sexo erecto y disfrutó de su reacción a su contacto.

Jay le acarició la parte interior de sus muslos, animándola a que se abrieran y le ofrecieran el oculto misterio de su cuerpo. Como los pétalos de una flor, abiertos al calor del sol, los labios de su sexo se curvaron y se agrandaron con su tacto, y su centro de placer se humedeció y se preparó para él.

Ella sintió un pulso intenso dentro de ella, transformándose en un urgente deseo, casi un dolor.

Las caricias de Jay en su clítoris la hicieron gemir, y de pronto exclamó:

—¡No...!

Jay frunció el ceño.

—¿Quieres que pare? –preguntó él.

—Es que te quiero dentro de mí, y temo que, si no paras, va a ser tarde.

Jay se incorporó y la agarró de manera que sus piernas quedaron encima de sus hombros. Y se adentró en ella.

Se movió lentamente, con empujes pausados que lo adentraron más profundamente en Keira. Ella gritó de placer mientras se alzaba para acoplarse a él, para alcanzar su ritmo y sentirlo más adentro. Lo apretó y disfrutó de él antes de llevarlo más lejos.

—Más rápido –le dijo ella–. Más adentro, Jay... –tembló su voz, al borde del precipicio, mientras Jay esperaba a que los gritos de Keira le dijeran que ya no podía esperar más.

Ella sintió un estallido en su interior, y se aferró a Jay.

Tenía la cara húmeda de lágrimas de satisfacción.

—Ha sido maravilloso –dijo.

—Esto es sólo el principio —le dijo Jay mientras le secaba las lágrimas con el pulgar—. Habrá muchos momentos maravillosos y muchas cosas que podamos explorar juntos y compartir.

Capítulo 12

JAY había tenido razón. Habían pasado días y meses, tres para ser exactos, y habían tenido muchos momentos maravillosos.

Había habido muchas noches en que ella se había sentido en el paraíso.

Jay era un maestro experto y le había enseñado muchas cosas, pensó Keira.

Había habido una noche en que Jay le había mostrado un ejemplar del *Kama Sutra* con ilustraciones en oro que había comprado en un bazar cuando era un muchacho. Había pertenecido a un maharajá cuya biblioteca había sido vendida.

Él le había leído el texto con voz sensual y erótica.

Al principio Keira se había mostrado tímida y no se había atrevido a mirar las ilustraciones. Luego, lentamente, había ido ganando confianza y las había estudiado.

Jay la había animado a elegir una posición que le pareciera erótica para que practicasen juntos, y luego había bromeado con la idea de que tendrían que repasarlas todas noche a noche, experimentándolas una a una.

Pero algunas noches debían de haber practicado media docena de ellas.

Contrariamente a sus expectativas, y a las de Jay probablemente, el deseo de él por ella no se había apagado, sino todo lo contrario.

Cuando viajaba por negocios, su regreso normalmente resultaba en la transgresión de su norma de no tener sexo en su despacho, debido al intenso deseo que sentía por ella.

Pero era deseo físico, se recordó Keira.

Eso era todo lo que él sentía por ella.

Había habido mucho placer en aquellas noches. Pero para ella también había habido dolor. Porque sabía que Jay jamás iba a corresponder a su amor.

A la vez ella sentía culpa, porque no le había dicho la verdad. Pero aquella culpa se mezclaba con tristeza, porque jamás iba a poder ser ella misma con él, porque nunca sería aceptada como era.

La realidad era que ella estaba viviendo varias mentiras, y eso no podía continuar. Porque la estaba destruyendo.

Ella vivía con temor de que un día se le escapasen sus sentimientos en el calor de su intimidad con él, y que aquello provocase el fin de su relación con él.

Y sin embargo una parte de ella añoraba la tranquilidad de saber que ya no tendría que mentir.

Ella no podía soportar la idea de su rechazo y desprecio cuando se enterase de la verdad, tanto de sus sentimientos como de quién era verdaderamente ella.

Y lo peor era que a medida que pasaba el tiempo ella añoraba más lo que jamás tendría.

Su trabajo en las casas estaba terminado. Jay

había estado en Mumbai durante los últimos tres días, y en aquellos días ella había estado pensando en su situación y había tomado una decisión por su bien.

Había hecho las maletas y tenía el billete de avión para regresar a su casa. En una hora se marcharía al aeropuerto en el taxi que había pedido.

Lo único que tenía que hacer era escribir una carta para Jay, diciéndole que había terminado el trabajo, y que había disfrutado del tiempo que habían pasado juntos, pero que era hora de que ella volviera a Londres, a su vida y a su profesión.

Él pronto encontraría a alguien que la reemplazara en su cama.

Jay miró por la ventana de su jet privado mientras aterrizaba.

No sabía por qué había sentido aquella compulsión a acabar su negocio en Mumbai antes de tiempo. Después de todo no era la primera vez que había estado separado de Keira.

Pero su ausencia había aumentado su deseo entre ellos, y cuando había vuelto habían alcanzado nuevas cimas de placer.

Keira nunca había tenido exigencias ni malos humores durante sus ausencias, ni le había dicho que lo había echado de menos, ni que le habría gustado ir con él...

No había motivo para sentir aquella urgencia de volver a verla.

Ella estaría allí, esperándolo para darle la bienvenida sensual de su cuerpo. Para que la poseyera y para recibir su placer.

Keira era una compañera ideal en la cama: sensual, alegre, y le gustaba dar y recibir placer por igual. Le había sorprendido dado el hecho de que no tenía experiencia. Su aceptación de las condiciones de la relación y de su falta de compromiso le había hecho bajar la guardia con ella y mostrarle su pasión, a salvo, sabiendo que ella sólo estaba allí por su deseo por él y no por el deseo de lo que él pudiera darle.

Tal vez por eso seguía deseándola tanto después de tanto tiempo, cuando había pensado que se cansaría de ella.

Ya no le leía el *Kama Sutra* porque juntos habían creado un repertorio de íntimos placeres, placeres que ella había recibido con ganas y los había adaptado a sus propias necesidades y a las de él, haciéndolos especiales y personales.

Jay frunció el ceño.

Su pensamiento lo estaba llevando a algo que le resultaba familiar. Ningún compromiso, había dicho, y lo había dicho en serio.

Y todavía seguía pensándolo.

Su coche lo estaba esperando. Prefería conducir él mismo.

Se quitó la chaqueta y la tiró en el asiento de atrás junto con su ordenador portátil.

Había visto a Bas en Mumbai, y el director de arte estaba presionándolo para arreglar una entrevista con Keira. La publicidad estaba organizada para el lanzamiento del complejo de viviendas, y él había visto las fotos de los interiores y había comprendido por qué la agencia que había contratado para difundir el proyecto había estado tan segura de su éxito.

Keira se había superado a sí misma y había producido algo con estilo en su concepción y no obstante extremadamente vivo. Mirando las fotografías él se preguntó qué haría ella con su apartamento de Londres, se la había imaginado mentalmente viviendo allí con él...

Apretó el acelerador.

En el bolsillo tenía una caja de una de las joyerías más exclusivas de Mumbai, con un par de gemelos de diamantes, que era una antigüedad. Había sabido en el momento en que los había visto que a Keira le iban a encantar. Eran únicos. Como ella.

Era la hora de irse. Podía dejar la nota en el escritorio de Jay antes de marcharse.

Keira recogió su bolso y agarró su maleta.

La puerta de su dormitorio se abrió.

Se dio la vuelta y se puso pálida.

Jay estaba de pie en la puerta, mirando alternativamente a la maleta y a ella.

–¿Qué sucede? –preguntó, cortante.

–He terminado mi trabajo aquí –respondió, temblorosa.

–Tu trabajo aquí ha terminado, es posible, pero ¿y nosotros qué?

Aquello era peor de lo que había imaginado, pensó ella.

–Tengo que ganarme la vida.

–No te preocupes, yo lo solucionaré. ¿Cuánto dinero quieres? ¿Diez mil al mes?

Keira no podía hablar ni moverse. Estaba demasiado dolida.

No era bueno decirse que sabía lo que él pensaba de ella. Y que no tenía a nadie que culpar sino a sí misma. Después de todo era hija de su madre, ¿no?

–¿No es suficiente? Bueno, ¿qué te parece si te doy esto para suavizar las cosas? –Jay sacó la caja del joyero y la tiró en la silla que había al lado de Keira.

Keira miró.

–Adelante. Ábrela –le dijo.

Keira no podía reaccionar por el dolor que sentía.

–No estoy en venta, Jay –respondió cuando pudo hablar.

–¿No?

–¡No!

Ella pensó que él la iba a detener para no dejarla marchar, y en parte ella lo deseaba, a pesar de lo que él acababa de decir y hacer.

Pero él se detuvo antes de llegar a ella.

Era evidente que estaba furioso, pensó Keira. Ella podía sentir el latido de su corazón, enfurecido, ese mismo latido que ella hubiera deseado escuchar como muestra de su amor hacia ella.

Pero no, eso era imposible.

Cuando volvió a casa Keira fue al banco y supo que le habían ingresado una gran cantidad de dinero, mucho más de lo que Jay tenía que pagarle por su trabajo.

Keira le escribió un correo electrónico, señalándole su error, y recibió una respuesta diciéndole que esos extras eran por sus servicios, y que no aceptaría el dinero de vuelta.

Keira había llorado y luego había extendido un cheque por la cantidad de esos extras, y se lo había dado a una obra de caridad, diciéndoles que el dinero era una donación de Jay.

La relación entre ellos se había terminado.

Jamás debería haber habido nada. Pero ahora se había terminado definitivamente.

Capítulo 13

ELLA esperaba que su potencial cliente mantuviera la cita, pensó Keira mientras caminaba por la entrada de un hotel exclusivo, que era donde el cliente había querido que se encontraran.

Era demasiado exclusivo y discreto como para tener algo tan comercial como un vestíbulo, pensó. Su vestíbulo de entrada era más como la entrada de una casa privada.

Una mujer elegante vestida con ropa de Channel fue a saludarla, y le pidió que esperase en una sala privada con vistas al jardín.

Hacía un mes y medio que Keira había vuelto de India, y tanto Jay como ella habrían vivido un infierno a su manera.

Pero las cosas debían mejorar, pensó ella.

Tenía que dejar de amarlo y desearlo.

—Hola, Keira.

Keira miró y casi se desmayó.

«¡Jay!», pensó ella. No podía ser.

Keira se puso de pie y luego se sentó al ver que sus piernas no la iban a sujetar.

Jay parecía más delgado.

—Te pido disculpas por tenderte una trampa para

que vinieras aquí, pero no he podido pensar en otra cosa para conseguir que me vieras –Jay dejó el maletín en una silla–. He traído algunos recortes de prensa para mostrártelos, por si no los has visto todavía. Tu trabajo en las casas ha interesado mucho.

–Me alegro de que las casas hayan sido un éxito –dijo ella.

No era el tono que ella había empleado para decirle a él cuánto placer le estaba dando en la cama, pensó. Ella sentía un dolor muy grande en su corazón.

–Te debo una disculpa –dijo Jay.

Ella no podía creer que aquél fuera Jay.

–Te he echado de menos, Keira.

No podía ser...

Eran imaginaciones suyas lo que estaba oyendo, se dijo ella.

Jay la miró pacientemente, como esperando que ella dijera algo.

–Si lo que intentas decirme es que quieres que vuelva... –empezó a decir ella.

Pero él agitó la cabeza.

–No, no es eso lo que intento decirte –respondió él.

Las esperanzas que ella había querido negarse pero que había albergado, se derrumbaron.

Era una tonta por haber tenido esperanzas. Lo amaba, ésa era la explicación.

–Lo que intento decirte es que lo que pensé que quería de la vida no es lo que realmente quiero. He cambiado, Keira. Tú me has cambiado. De ser un hombre que no quería comprometerse con una mujer a ningún precio he pasado a ser un hombre que daría toda su fortuna por la posibilidad de comprometerme con una mujer muy especial. Y esa mujer eres tú. He venido a pedirte que me des una oportunidad de demostrarte que lo que compartimos fue muy especial, y lo especial que puede ser en el futuro. Te deseo... No sólo en mi cama, Keira, sino en mi vida, como mi compañera, como mi amor, mi único amor para siempre. Quiero casarme contigo.

Era un sueño. Tenía que serlo.

Pero no lo era.

—No es posible que lo digas en serio —balbuceó ella.

—Lo digo. Tal vez el golpe en la cabeza que sufrí me ha devuelto el sentido, no lo sé. Sólo sé que cuando volví en sí en el hospital lo único que quería era tenerte conmigo.

—¿En el hospital? ¿Te hiciste daño?

—Tuve un pequeño accidente de coche, nada serio. Estaba conduciendo demasiado deprisa, tratando de huir de los fantasmas que me decían que acababa de arruinar mi vida, por dejar escapar lo único que valía la pena vivirla...

Keira sintió una sensación agridulce.

¿Podía relajarse y alegrarse por creer aquello al menos unos minutos?

¿Por qué no?

—Si estás intentando decirme que me amas... —dijo ella.

—Sí.

—Sería mejor convencerme con hechos —dijo Keira con picardía.

Era sólo un juego. Por eso había hecho aquella apelación tan especial.

—¿Con algo así? —preguntó Jay, y atravesó la habitación y la estrechó en sus brazos—. No sabes cuánto te he echado de menos —agregó, emocionado.

Luego la besó.

Aquello era el paraíso y el infierno al mismo tiempo, el placer y el dolor, la alegría y la culpa.

Pero ella debía afrontar la realidad porque no podía vivir una mentira.

No podía engañarlo una segunda vez.

—Te amo, Keira. Nunca pensé que diría estas palabras a ninguna mujer. Y ahora no sólo quiero decirlas, sino que quiero seguir diciéndolas. Y quiero oírte decirlas a ti. ¿Hay alguna posibilidad de que puedas hacerlo?

—Te amo, Jay.

Era la verdad, después de todo.

Jay la besó dulcemente, tiernamente.

—Acabo de recibir una carta agradeciéndome una donación a una organización sin ánimo de lucro de ayuda a las prostitutas. Supongo que ha sido tu forma de enmendar mi ofensa, en principio por juzgarte mal, y segundo por pensar que podía comprarte, ¿es verdad?

Hubiera sido fácil estar de acuerdo con él. Y cobarde.

Pero su conciencia no la dejaría tranquila.

Keira tomó aliento y se separó de él.

Miró la pared y dijo:

—En realidad he donado ese dinero a esa causa

en particular por mi madre. Ella era prostituta, y una adicta a las drogas.

Hubo un silencio.

—Ahora está muerta. Murió cuando yo tenía doce años. Mi tía abuela, que fue quien me crió luego, decía que «de tal palo tal astilla». Es lo que piensa la gente, ¿no? Temí en un momento de mi vida que yo pudiera ser como mi madre. Ella a menudo me lo decía también.

Más silencio.

Entonces ella siguió:

—Estás en estado de shock. Y disgustado. La gente... Es natural. ¿Qué clase de padre querría que su hija juegue con la hija de alguien así? Ciertamente las madres de los niños de mi escuela, no. No tenían la culpa. ¿Y qué clase de hombre se arriesgaría a tener una relación con una mujer cuya madre era prostituta? Tú ya no me querrás ahora, Jay. Lo sé. Tienes un nombre, una posición que cuidar.

—¿Es por eso que has permanecido virgen? ¿Por tu madre?

Su pregunta la sorprendió.

Keira lo miró.

¿No la tendría que estar mirando con desprecio?, se preguntó ella al ver su mirada de compasión.

—Sí.

—Cuéntamelo.

Keira no quería hacerlo, pero de pronto se vio hablándole de su infancia, de sus sentimientos contradictorios por su amor a su madre, y su rabia contra ella.

–Cuando fui mayor, odié lo que hacía, a veces a ella también, por ser lo que era. Cuando fui creciendo tuvimos discusiones por ello. Y le dije una vez que me avergonzaba de ella, y que jamás permitiría que mi vida terminase como la suya. Mi madre se rió de mí y me dijo que no tendría elección. Que había heredado su naturaleza promiscua y que tarde o temprano aparecería un chico y que yo abriría las piernas, como ella, y que como ella elegiría al tipo de hombre equivocado.

Keira tragó saliva, embargada por la tristeza. Su madre debería haberse sentido muy sola y falta de amor, pero ella no se había dado cuenta antes. Había sido demasiado joven y emocionalmente inmadura para verlo. El amar a Jay, el desearlo y entregarse a él por amor, le había enseñado, entre otras cosas, a ver a su madre de un modo diferente.

–Lo que dijo me dejó asustada y enfadada. Y me juré no ser como ella cuando fuera mayor.

–¿No teniendo relaciones sexuales? –dijo Jay.

Keira asintió.

–Sí. Fue fácil hasta que te conocí. Yo jamás había imaginado... No tenía ni idea...

–¿Te hice sentir que eras como tu madre?

Keira agitó la cabeza.

–Al principio, sí. Luego, cuando fuimos amantes, mi deseo físico me demostró que jamás podía ser como mi madre. Te deseaba tan apasionadamente, tan exclusivamente que sabía que jamás podría darme ni venderme a ningún otro hombre. Sólo te deseaba a ti, Jay. Y te estoy agradecida por ello... Porque saber eso me liberó de mis temores de mi sexualidad. Mi madre y mi tía querían que yo terminase como mi madre, pero yo ahora sé que eso no ocurrirá jamás. Ahora ya no me querrás, por supuesto...

—Por el contrario. Lo que me acabas de contar me hace amarte más —dijo Jay.

Keira no podía creerlo.

—No puedes amarme ahora. No soy lo suficientemente buena para ti, Jay.

—Yo soy el que no te merezco. Tú vales mucho, Keira. Tu sinceridad me pide humildad y tu compasión, tu generosidad y tu lealtad te hacen más grande que yo. Pero eso no me impide tener la arrogancia de pedirte, de rogarte, que seas mi esposa.

—¿Tu esposa?

—Por supuesto. ¿Crees que no voy a ser capaz de proclamar al mundo nuestro amor? Y además, no quiero perderte. Si te comprometes conmigo, te quedarás conmigo, y con nuestros hijos. Serás como mi madre, fiel y cariñosa. A ella le habrías gustado.

—Jay, no puedes casarte conmigo. Tu hermano no lo permitirá. Tú eres su heredero.

—Rao es mi hermano, no mi carcelero. Yo tomo las decisiones sobre mi vida. Ya le he dicho de mi decisión de hacerte mi esposa, y me ha dicho que tengo su aprobación.

Luego continuó:

—Has pasado por mucha amargura, Keira. Ambos hemos experimentado dolor en el pasado. Pero por eso mismo nuestra felicidad será más dulce aún, por la tristeza que ambos experimentamos. Te juro que no tengo ninguna duda ni reserva en mi corazón sobre la fuerza de tu amor por mí. Y te prometo que, si me rechazas, te perseguiré y te rogaré hasta que aceptes y estés de acuerdo en casarte conmigo.

Keira miró su expresión. Su corazón dio un vuelco de alegría al ver que él era sincero.

Y un poco insegura, pero con el corazón lleno de amor, fue a sus brazos y levantó el rostro para besarlo.

Epílogo

KEIRA observaba los preparativos de la ceremonia de la boda desde la sombra del jardín junto al patio.

El sol se estaba poniendo y en la tranquilidad del lago el palacio parecía flotar etéreamente como las flores.

La gente se estaba reuniendo en el *mandap*, una carpa hecha de flores. Aquellos invitados a la boda que habían llegado para la ceremonia el día anterior se detenían a mirar.

Keira miró al hombre que emergió de las sombras.

Era masculino y formidable como el león del desierto, y su corazón se levantó y latió aceleradamente.

–Jay...

–Me imaginé que podía encontrarte aquí.

Se habían casado en una ceremonia civil en Londres unos días antes y luego habían volado al hogar de Jay para celebrar su matrimonio en una ceremonia tradicional.

La noche anterior Rao había dado una cena formal para darle la bienvenida a la familia, pero aquélla era la primera vez que Jay y ella habían estado solos desde que habían llegado.

–Te has puesto las pulseras –comentó Jay estrechando a Keira entre sus brazos.

–No pude resistirlo –admitió Keira.

Él le había regalado unas pulseras Cartier en la noche de bodas, después de haber declarado su amor en una celebración privada.

–Lo que yo no puedo evitar es amarte –le dijo Jay suavemente–. Desde este momento y para siempre.

–Yo también te amo y te amaré siempre, Jay –dijo Keira, antes de besarlo.

Bianca™

Si él la desea, la conseguirá...

¡Faye Matteson no podía creer que Dante Valenti tuviea tanto descaro! El arrogante italiano le había ofrecido ayuda para su negocio a cambio de que se convirtiera en su amante.

Durante su inexperta juventud, Faye le había entregado su corazón a Dante, pero él le robó su virginidad y la dejó destrozada. Ella había jurado que nunca volvería a caer rendida en sus brazos.

Pero nadie debería infravalorar la fuerte sensualidad de Dante Valenti...

Amante por un mes

Sabrina Philips

Acepte 2 de nuestras mejores novelas de amor GRATIS

¡Y reciba un regalo sorpresa!

Oferta especial de tiempo limitado

Rellene el cupón y envíelo a

Harlequin Reader Service®
3010 Walden Ave.
P.O. Box 1867
Buffalo, N.Y. 14240-1867

¡Sí! Por favor, envíenme 2 novelas de amor de Harlequin (1 Bianca® y 1 Deseo®) gratis, más el regalo sorpresa. Luego remítanme 4 novelas nuevas todos los meses, las cuales recibiré mucho antes de que aparezcan en librerías, y factúrenme al bajo precio de $3,24 cada una, más $0,25 por envío e impuesto de ventas, si corresponde*. Este es el precio total, y es un ahorro de casi el 20% sobre el precio de portada. !Una oferta excelente! Entiendo que el hecho de aceptar estos libros y el regalo no me obliga en forma alguna a la compra de libros adicionales. Y también que puedo devolver cualquier envío y cancelar en cualquier momento. Aún si decido no comprar ningún otro libro de Harlequin, los 2 libros gratis y el regalo sorpresa son míos para siempre.

416 LBN DU7N

Nombre y apellido	(Por favor, letra de molde)

Dirección	Apartamento No.

Ciudad	Estado	Zona postal

Esta oferta se limita a un pedido por hogar y no está disponible para los subscriptores actuales de Deseo® y Bianca®.
*Los términos y precios quedan sujetos a cambios sin aviso previo.
Impuestos de ventas aplican en N.Y.

SPN-03   ©2003 Harlequin Enterprises Limited

Deseo™

La promesa del duque

Merline Lovelace

El decorado era como el de una postal y el héroe pertenecía a la más rancia aristocracia italiana. Pero el miedo de Sabrina era despertar y descubrir que todo había sido un sueño.

El duque y famoso neurocirujano Marco Calvetti había estado a punto de atropellarla en la carretera y ahora Sabrina era la invitada en su villa de la costa de Amalfi. Las románticas palabras de Marco y sus expertas manos le daban un nuevo significado a la expresión "trato al paciente", pero sus seductores ojos escondían heridas secretas...

¡Estaba viviendo un cuento de hadas!

Bianca™

Él no está dispuesto a aceptar nada más que una rendición total.

El millonario argentino Alejandro D'Arienzo tiene una nueva presa: la heredera Tamsin Calthorpe, una bella pero mimada mujer que le causó problemas en el pasado.

Y él está dispuesto a igualar el marcador.

Lo que Alejandro no sabe es que Tamsin lo amaba y escondía su ingenuidad bajo el disfraz de caprichosa sofisticación.

Seis años después, convertida en una diseñadora de gran talento, se esfuerza mucho para demostrar su valía sin apoyarse en el apellido familiar. Pero su credibilidad está en manos del despiadado Alejandro, que le ofrece un ultimátum: destrozar su prestigio como diseñadora o tenerla en su cama.

A merced de un hombre rico

India Grey